# 青藏的细节

龙仁青　著

长江出版传媒

长江文艺出版社

# 目 录

# 低　翔

　　那是 2021 年 5 月。怒风止息，间或的落雪中夹杂着雨滴，空气里开始有了湿漉漉的水汽。大地挣扎着，试图摆脱冬的桎梏，春天正以不动声色的隐忍一点点地侵蚀着寒冷。向阳背风的草坡上，随处都能看到细弱的草芽已经冒出针尖大小的一点嫩绿，顽强地顶破了覆盖在它们身上正在慢慢消融的冰雪。那是春在发声，它向冬季宣称着这个季节的所有权。平均海拔 4500 米以上的可可西里也逐渐向暖，冰雪天气已经基本接近尾声，每每到了午时，强烈的阳光照在身上，甚至会有微微的灼热感。然而，沼泽地里的冻土依然坚挺着它寒冰的脊梁，保持着冬季赋予它的硬度。这个季节，是最适于走进可可西里的季节——冻土下的泥泞尚未来得及融化，气温已经开始向人们能够承受的方向好转。5月16日，可可西里森林公安适时组成了一支5人巡山队，准备进入可可西里开展一次穿越可可西里的巡山活动。临行前，他们邀请我和藏族导演万玛才旦加入这个团队，跟随他们一起完成这次巡山任务。

我们欣然接受了邀请，即刻开始做好了进入可可西里前的准备，等待着随时出发。

自从接到邀请，我心里就装满了期待和兴奋，一直按捺着发朋友圈向别人炫耀的冲动，直到我们和巡山队员在格尔木会合，经过一天的适应性训练，前往索南达杰自然保护站，路经海拔4768米，树立着杰桑·索南达杰雕像的昆仑山口时，为我们驾驶巡山队专用皮卡车的巡山队员把车停了下来。我们下了车，向着那座石头的雕像行注目礼，并以雕像和昆仑山口海拔标示牌为背景，在这里合影留念。乘着这里还有网络信号，我即刻把照片发到了微信朋友圈里，宣称我们的可可西里巡山之旅从此开始。朋友圈立刻引起朋友们的点赞和评论，有一位北京的作家朋友给我留言说，你要去可可西里"打鸟"吗？

"打鸟"是近年来热衷于野生鸟类摄影的爱好者

对他们这一行为的专用名词。近年来我也购置了单反相机和长焦镜头，跟随几位摄影爱好者经常去"打鸟"，并把拍摄的图片发到微信朋友圈展示，让朋友们以为我所有的户外行为都与"打鸟"有关。看着朋友的询问，我不由得笑了。进入可可西里，何止是去"打鸟"这么简单啊，在这里，高寒与海拔能让人们体验极限生存的挑战，激励人们面对自然的勇气。在这里，未经人类踩踏的原始土地能让人们享受回归自然的自由与乐趣。这里更是野生动物的天堂，藏羚羊、野牦牛、藏野驴，甚至雪豹、棕熊等大型野生动物在这里出没，随时可以看到。当然，作为爱上了"打鸟"的摄影爱好者，行前我也做了一些功课，知道可可西里虽然高寒，却也是秃鹫、大鸳、藏雪鸡、大天鹅等珍稀野生鸟类栖息驻足的地方。藏族民间还有个说法：每每到了藏羚羊产崽的季节，也是斑头雁飞越喜马拉雅山南迁的时刻，当怀孕的母藏羚羊一群群地在可可西里卓乃湖岸畔聚集的时候，斑头雁们也一群群地飞到这里来，它们是来啄食母藏羚羊生产后的胎盘的。据说，藏羚羊胎盘营养极其丰富，斑头雁正是因为啄食了藏羚羊胎盘，补充了体力，聚集了能量，它们的双翅才有了飞越喜马拉雅山的爆发力。在进入可可西里之前，我就在想，如果能够拍到藏羚羊与斑头雁同框的画面，那肯定能为这次的可可西里之行增添一抹不虚此行的色彩。抱着这样的奢望，从进入可可西里的那一刻起，我就睁着一双探寻的眼睛，四处张望着，不想错过任何一个飞翔的翅影。

到了索南达杰自然保护站，可可西里巡山之旅就正式开始了。

索南达杰自然保护站，坐落在从青藏公路进入可可西里边缘的路口。我们到达的时候，太阳还没有落山，阳光呈现出温暖的橙色，把整个儿保护站包裹在一片宁静的暖色调里。管护站前方，树立着一块纹刻着"索南达杰自然保护站"的石碑，石碑一侧是一座藏羚羊的雕像，雕像以简约明快的线条勾勒出了一只昂扬着双角的藏羚羊形象，阳光照在雕像上，在藏羚羊高高扬起直插云天的双角顶端形成了一个高光点，宛若一颗耀眼的星星，熠熠夺目。我正在打量这座藏羚羊雕像时，忽然听到几声麻雀的啁啾声，随之，几只麻雀从藏羚羊雕塑的一侧飞过。看着它们稍纵即逝的翅影，我心里不由得感叹起来：这种小巧的鸟儿，生来与人类共相厮守，即便在这海拔 4500 米的高地，它们依然追随着人类来到了这里，以它们轻巧的飞翔和尖细的鸣叫陪伴着人类。几位森林警察长年累月守护在这里，让这片荒芜的地方有了一丝烟火之气，这也是这些麻雀们飞来陪伴他们的原因。当时，我手上提着照相机，看到飞过的麻雀，我却没有去拍摄它们——如果是见了其他的鸟，我提着相机的手就会条件反射地举起来，但麻雀太稀松平常了，平常到我们经常对它们熟视无睹——几年前，我曾写过一篇文字，题目是《他乡故知是麻雀》，发表在当年的《人民文学》。我在这篇文字中这样写道：他乡遇故知，被说成是人生快事。但很多时候，这是可遇而不可求的。但麻雀却是个例外，只要你用心，在别人的地方，你一定会在他乡看到就像是从自己家乡飞来的麻雀，听到它们熟悉的鸣唱。事实也的确如此。

虽然没有拍下这些麻雀，但它们却是我们进入可可西里之后，我看到的第一种鸟儿。

我们在保护站休整了一夜，第二天清晨，吃过简单的早餐，我们便出发了。索南达杰自然保护站是此行唯一有手机信号的地方，这也就意味着，从这天开始，我们将以一种与这个世界"失联"的状态，行进在可可西里之中。我心里反而期待着这一刻的到来，或许，当手机信号消失，那些每一天伴随着人们的纷扰与烦乱也随之离自己远去，一个独属于自己的清净世界就会出现在眼前。而这次可可西里穿越之旅，也真正让我享受到了这样的安宁和沉静。

我在可可西里看到的第二种鸟，是一只地山雀。

那一天，我们离开索南达杰自然保护站，向着下一站库赛湖自然保护站出发，在到达库赛湖自然保护站之前，远远就看到了波光粼粼的库赛湖。这是一片荡漾在可可西里腹地的小湖泊，伴随着春天的来临，这片小湖正在"开湖"，湖面上的寒冰在激荡的春风的劲吹下不断龟裂，破碎的冰块又被春风吹到了湖岸，挤挤挨挨地堆积在一起，形成了高大的冰墙，十分壮观。在这里，巡山队员发现了一头野牦牛的残骸，便停下车，前往查看。虽然，可可西里的枪声已经消失了十多年，巡山队员们依然保持着高度的警惕，一旦发现异常，便会第一时间进行处置。经过仔细查看，他们确认这是一头年老而亡的野牦牛，它在自己的最后时刻，艰难地爬到了一个高处，静静地死在那里，它的残骸是被这里的狼群从山上拖拽到了这里，并被它们不断啃食，能够食用的东西所剩无几。我们也跟随巡山队员一同查看，等他们得出结论正准备上车离开时，忽然发现一只野狼朝着我们跑了过来。它以百米速度径直冲向我们，在离我们十几米远的地方忽然停下来，只停了几秒钟，便开始围着我们绕圈跑动起来，就像是一名长跑运动员，围着操场匀速跑动着。我急忙拿出相机，对着野狼不断按下快门，在我的长焦镜头里，这只野狼近在咫尺，整个儿装满了画面，它犀利凶狠的目光以及身上随风翻滚的狼毛，都毫发毕现，看得清清楚楚。巡山队员对这样的场面似乎习以为常，他们轻松地说笑着，观察着那只野狼，并很快发现，离我们所在位置不远，半只牛腿被埋在湖岸上的细沙之中——原来，这只野狼在这里储藏了它的食物，我们无意中站在了它储藏食物的地方，它认为我们要与它争夺食物，便跑过来保护它的食物了。巡山队员们发现这一情况，哈哈大笑着，善解"狼"意地招呼大家上了车，离开这块地方，开出几百米后，又停下车来，远远地观察着那只野狼，并让我抓紧时间拍摄。那只野狼看着我们离开，似乎放下了悬着的心，它并不急于去处置那只牛腿，而是侧身站在埋藏牛腿的地方，扭头看看我们，便向着与我们相反的方向跑远了，不大一会儿就消失在了一道沙梁的背后。

我就是在这时候发现那只地山雀的。它正在一片草丛里认真地啄食着碎草和草籽，只见它的尾巴高高翘起，小小的鸟头快速地起伏着，忽上忽下，执着而专注。我端着相机，一点点地向它靠近。它很快就发现了我，暂时停下不断起伏着的头颅，看着我，并发出短促的鸣叫，向我提出了警告。我停下来，有意不去看它，它便很快恢复了常态，接着开始认真地啄食起来，似乎不再在意我的存在了。乘着这个空当，我再次向它靠近了一些，匍匐在地上，在离它不到10米远的地方，拍下了它勤奋觅食的可爱样子。

地山雀是青藏高原常见的鸟儿，曾经一度，它被动物学界称作褐背拟地鸦，近年的研究确认它是"山雀"属而非"鸦"属，所以又更名叫地山雀了。地山雀在青海当地被称为"土钻钻"，这是因为它有一只细长又尖锐的鸟喙，有着超强的挖洞能力。进入春天，地山雀开始筑巢哺育后代，它们便开始四处挖洞，牧民的屋墙和羊圈基本是用黏土夯成的，由于相对松软，成为它们挖洞的首选。它们挖洞，是为了筑巢，却又掌握不好分寸，经常把墙面挖穿，一面新夯的土墙，往往被它们弄得千疮百孔。所以它们在牧民居住地附近是不太受欢迎的。记得小时候，到了春天，冻土解冻，各家各户就开始修理屋墙和羊圈，指派给我们这些半大小孩的任务，就是守在新修的土墙跟前，驱赶地山雀，防止它们在刚刚夯起的土墙上挖洞。我们经常是防不胜防，稍不留神，让它们乘虚而入，在新夯的土墙上挖出洞来，遭到大人的一顿大骂。

或许是人们对它们的不待见，让它们在人们居住地附近没有安身之地，它们便走进了荒野。在可可西里边缘，这里的牧民把地山雀叫作"夏嘎"，意思是喜欢吃肉的鸟儿。这个名字，是熟知它的习性的牧民们赋予它的一个绰号——在可可西里，一些大型动物因为老死或被肉食动物捕杀，最先处理这些硕大的动物残骸的，是野狼、棕熊等猛兽，其次便是秃鹫、胡兀鹫等猛禽，而把这些残骸收拾得干干净净，除了骨架，没有留下任何残渣的，便是地山雀，它们成为这片荒野大地真正意义上的入殓师和清洁工。

那一天，我拍下了这只地山雀。

虽然拍下了地山雀，但我心里却没有欢喜，波澜不惊。因为在青藏高原，地山雀同样是一种稀松平常的鸟儿。

进入可可西里的第三天，我们抵达了豹子峡。狭长的谷地，谷地两边群峰对峙，怪石嶙峋，一看就是雪豹出没的地方。在这里有一处可以饮用的水源地，一条溪流在镜面一样的寒冰下悄无声息地流淌着，水中偶尔还能看到不知名的小鱼，很小，细如牙签，也是那样悄无声息地游动着。我们便在这里扎下帐篷，准备在这里度过一夜。帐篷扎在一处背风的山窝里，我陪着巡山队员去打水，在这里我发现了我们进入可可西里之后的第三种鸟——一群在溪流边缘觅食的白腰雪雀。

在青藏高原，雪雀同样稀松平常。如果说，麻雀是一种极力靠近人类住处的鸟儿，那么，只要走出人类居住地，雪雀便是草原上最多的鸟儿。这种鸟儿虽然常见，但它的一种行为，却引起了人们的好奇与关注，那就是"鸟鼠同穴"现象，原本是指雪雀入住鼠兔的洞穴御寒取暖，并在鼠兔的天敌鹰隼等来临时，发出叽叽喳喳的叫声，为鼠兔报警。这其实是鼠兔与雪雀达成的一种共生关系。这种现象，很早就被记录在了《山海经》等诸种典籍里。但我们的祖先并没有搞清其中缘由，比如，在《洛阳伽蓝记》中便有"鸟鼠同穴，异种共类，鸟雄鼠雌，共为阴阳，即所谓鸟鼠同穴"的记载，说得极其玄乎。

雪雀生活在高海拔的青藏高原，世居这里的藏民族很早就认识到了雪雀与鼠兔的共生关系，他们称雪雀为"扎达"，意思是鼠兔的马，认为雪雀与鼠兔的关系，就像是牧民与他们放牧用的坐骑之间的关系，相互依存，彼此是伴侣。

除了"鸟鼠同穴"的神奇现象，雪雀还有一种奇怪的行为，便是相互打斗。

两只在一块儿觅食的雪雀，各自相安无事，没有任何引起争端的迹象，忽然，它们就打斗起来了。它们先是像拳击比赛中两名对手一样，面对面摆开架势，低下头，拱起脖子，彼此试探一番，接着便厮打起来，这种厮打一旦进入高潮，它们甚至不去顾及有人接近它们。有一年，初秋季节，我和邻居家的小伙伴达成了轮流放牧的口头协议，也就是把两家的牛群合起来，今天我去放牛，明天他去放牛，晚上把牛群赶回来，再把各自家的牛群分开，这样，每个人会有一天的休息时间。一次，轮到邻居小伙伴放牛的一天，我家的一头母牦牛不见了，小伙伴便来找我，让我和他一起去找丢失的母牦牛——他触犯了协议，而且打扰了我的休息，我气急败坏，按捺着一肚子的怒火，又不得不跟着他一起去找牛。我两一起来到离我们的小牧村不远的一座古城遗址，爬上古城墙的墙头，想着登高望远，看看能不能望见母牦牛。这时候，便在已经与草原浑然一体，生长着纤维粗硬的芨芨草的古城墙墙头上，看到了一对正在捉对打斗的白腰雪雀。

两只雪雀专心致志地投入到了打斗之中，看上去是那样的执着，坚决，互不相让。它们在地上抱成一团，用各自的嘴喙和爪子攻击对方，继而又飞到离地面一米高的空中，依然不停地打斗着。有时候，我和小伙伴离它们只有四五米远，它们毫无惧色，全身心地沉浸在打斗之中。看着那一对打斗不止的白腰雪雀，再看看站在我一侧没事儿人一样袖手旁观，沉浸在观赏之中的小伙伴，我内心的怒火忽然涌起，猛地冲过去，朝着小伙伴的腰部给了一拳，小伙伴转过身来，意外地看了我一眼，也朝着我的肚子给了一拳。于是我们便扭打在了一起。我抓准一个空档，一把把小伙伴摔倒在地，跳上去骑在他的身上，撕住他的脖子让他不能动弹。没过一会儿，小伙伴便软了下来。看着他不敢反抗的怂样子，我的气也消了许多，我便克制住自己，放开他，让他站了起来。这时候，我们看到那一对白腰雪雀还在那里认真地打斗着。我们彼此看看对方，两个人同时笑了起来。

就像我和小伙伴一样，白腰雪雀的打斗，显然也是克制的、隐忍的，每每打斗一阵，它们又彼此分开，各顾各地在草丛中觅食，好像刚才的打斗根本没有发生过一样。但没过一会儿，它们又开始打斗起来。但它们彼此都没有受伤，更没有出现流血现象。它们的打斗似乎有些虚张声势——表面上所表现出的那种咄咄逼人和互不相让，甚至要置对方于死地的气势，却并没有造成任何后果，直到它们忽然停下来，各自飞走。

那么它们为什么打斗，又为什么让这种打斗像是一场精彩的表演，居然可以骗过精明的人类的眼睛，让人类迷惑不解，难分真假？许多人认为，这种打斗，是雄鸟间为了得到雌鸟而进行的对抗，但这种说法与事实不符。因为，鸟儿们出于争夺交配权进行的打斗，只会发生在它们求偶期间，而白腰雪雀几乎不分春夏秋冬，不分寒暑冷暖，时时都可以看到它们捉对打斗的情景。也有人认为它们是在争夺地盘，各自向对方宣称这里是自己的领土——青海著名野生动物摄影师鲍永清先生便持这种观念——但让人疑惑的是，经过一番打斗之后，它们又和好如初，各自开始觅食，把刚刚发生的打斗完全忘在脑后。显然与争夺领地也没有太多关系。某年冬天，我去海西州天峻县采风，偶遇北京大学生命科学学院的王大军博士。吃饭闲聊时，我便向他请教这一问题，他表示，白腰雪雀，偶尔也包括其他雪雀的这一行为尚待进一步研究，但似乎与争夺交配权或守护领地并没有直接的关系，他个人认为，雪雀的这种行为，也有可能是一种仪式，就像人类在一些正式活动之前，包括在就餐之前，会有一些带有某种宗教色彩的简单的仪式一样。听了他的说法，似乎感觉合乎道理，但这个话题，又把这个问题引向了另一个更为繁杂深奥的研究领域——动物是否有仪式行为。

那一天，拍下了雪雀，单独一只的，两只一起同框的，但心里依然微微有些遗憾：进入可可西里，见到的依然是平时在青海湖、祁连山地区常见的鸟儿，至今没有发现一只让我惊奇和兴奋的鸟儿，比如斑头雁。

我们到达卓乃湖的第二天，一场大雪整个儿覆盖了可可西里，把这片荒野中所有的嶙峋和突兀都一笔勾销，用清新、单一、洁净等理念，重新勾勒和定义了这片土地，白色成了这里唯一的统领。我们也被困在这里，入住卓乃湖保护站，耐心等待着白雪融化，继续我们的穿越之旅。

在那个下雪的早晨，一只角百灵飞入了卓乃湖自然保护站。在白色的雪地上，它的忽然降临就像是正在书写大字的书家无意间让一滴饱满的墨汁溅落在了宣纸上，那样突兀、显眼，我一下就看到了它。它长着褐色的羽毛，微胖，就像是穿了一件褐色羽绒服，看上去不太灵敏。在它脖子上是一条黑色围巾，眼睛上方两撮对生的黑色羽毛向上翘起，像一对可爱的犄角——它的名字角百灵，就是因为这两撮黑色羽毛而得名。我马上回身走入保护站的房间，拿出相机，返身走出，轻轻蹲坐在一块木板一侧，在木板掩护下把镜头对准了它。原来，这只鸟儿发现了丢弃在垃圾箱外面的一些方便面碎渣，但垃圾箱的位置比较靠近我们居住的房间，随时可能会有人路过这里。角百灵担心遇见人类，所以不敢轻举妄动，踌躇再三，终于做出准确预判，乘着一个安全空当，迅速出击，衔走了那些碎渣中最大的一块，然后安然飞走。我的镜头记录下了它喙里衔着方便面残渣，迅速起飞的那一瞬间。

守护着卓乃湖的管护员向我走来，他想看看我刚刚拍下的照片，我便打开相机显示器给他看，他认真地看着，对我说："这里的鸟儿都飞得很低。"他的话引起了我的好奇。我开始观察路上遇到的每一只鸟儿。依然是雪雀、角百灵、地山雀等稀松平常的鸟儿，偶尔也见到几只赤麻鸭从我们汽车顶上飞过，一只红尾鸲稍纵即逝，消失在了卓乃湖自然保护站墙外……它们共同的特点的确是飞得很低——它们起飞，在高不过人头的半空飞行，接着便落下来，开始在地面上活动，如果不遇到必须起飞的原因，它们似乎更愿意待在地面上。

显然，这是它们为了适应可可西里这片荒野的环境与海拔所做出的选择。它们放弃了"天高任鸟飞"，在这片空气稀薄、氧气含量很低的地方，过上了最为庸常的生活。由它们，我也想到了那些常年有人值守的管护站里的管护员，他们让这里的空旷湮没了渺小的自己，远离城市的灯火与繁华，少有与家人团聚的欢乐，他们守着孤独与寂寞，但他们却拥有着这样一片与蓝天一样广阔的美丽荒野。

可可西里是高原上的高原，从这里起飞，即便是低翔，那也是最高的飞翔。这些稀松平常的鸟儿，因为它们在可可西里，所以就不再稀松平常。

# 金露梅，银露梅

　　金银滩草原上，一条溪流蜿蜒流淌，把金银滩草原不均匀地切割成了两块，神奇的是，每每到了夏天，在溪流的此岸，盛开着金黄的金露梅，而在溪流的彼岸，盛开着银白的银露梅。这样的自然造化，命名了这片草原，也把这片草原分成了金滩和银滩两个部分。

　　金露梅，又名金老梅、金蜡梅，蔷薇科委陵菜属落叶灌木，广泛分布于北半球亚寒带至北温带的高山地区。在我国，主要分布在青海、甘肃、四川及云南，东北、华北也有分布。银露梅，又名银老梅、白花棍儿茶等，蔷薇科委陵菜属落叶灌木，分布于内蒙古、河北、山西、陕西、甘肃、青海等地。

　　才洛的家住在青海海晏县青海湖乡，是金银滩草原的核心区域。他说，他从小就喜欢金露梅和银露梅，那时候到了夏天，他就和伙伴们在灌木丛中玩捉迷藏游戏。"有时候，玩着玩着就把放羊的事情忘了，等想起来的时候，羊群已经走出了很远，快到别人家草场上了。"他说。

才洛现在是医生。高中毕业那年，他考上了青海大学医学院，毕业后原想留在城里工作，没想到城里工作不好找，整整一年，只能在私人门诊里干点活儿，而他又不想去那些门面富丽堂皇，其实不太正规的医院，所以，回到了家乡。

如今，才洛就在自己的家乡行医，让他感到高兴的一件事是，他与在城里开公司的同学合作，参与到了一项藏药开发项目中，这种藏药所使用的药材，就是金露梅和银露梅。

"金露梅和银露梅，藏语都叫鞭麻，要是分开来叫的话，金露梅叫鞭乃亥，银露梅叫鞭嘎尔。"才洛向我介绍，脸上洋溢着青春和快乐，有点小小的炫耀的意思。

"在许多藏医药典籍里都有记载的！"才洛说着，急忙拿出手机，在网络上搜索了起来，不大一会儿，他把手机递给我说："您看！"

我在手机屏幕上看到了这样的信息:《蓝琉璃》记载，班纳合茎红色，花黄色，叶小，烧灰，治妇女乳房胀痛，消腹水。《晶珠本草》记载，班纳合治妇女乳房胀痛。本品木质茎，黄褐色，叶小。分黄、白两种。

他凑过来，指着手机屏幕说:"这里说的班纳合，就是鞭乃亥，同样的藏语，汉语的谐音不一样。"

我继续翻看他的手机，看到了更多的信息:《青藏药鉴》载，班那，花治妇女病，赤白带下;叶烧成炭可外敷乳腺炎，化脓后勿用。《藏本草》记载，班纳合，花及叶治乳痈，黄水病，疮疡溃烂。

才洛看着我，腼腆地笑笑，脸上依然洋溢着青春和快乐。

"金露梅和银露梅的枝干，还是藏式建筑采用的材料之一。"我如此一说，才洛马上来了兴趣:"是的，是的，我带你去看!"

下午，他带我来到了家乡的小寺院——麻皮寺。

麻皮寺采用了传统的藏式建筑方法，就地选择了传统的建筑材料:用金露梅和银露梅的枝条搭筑的墙体，这种墙，叫鞭麻墙。在建筑中使用金露梅和银露梅的枝干，在藏区建筑中由来已久。有关专家认为鞭麻墙最早的来源，是游牧民族的帐篷：为了提高帐篷内的温度，也为了在帐篷里有一个放置杂物的地方，牧民们把金露梅和银露梅的枝条采集起来后，将其晾晒，再把晾干后的枝条扎成一捆捆的小把，沿着帐篷内侧，把枝条码放成墙体的样子，这样的鞭麻墙便可以起到挡风御寒的作用，同时，一些杂物也有了一个放置的平台。

还有一种说法，认为鞭麻墙的最初起源，来自对农牧民码放柴火堆的想象与发挥——不论是在喜马拉雅山南麓的农业区，还是在青海南部的班玛、久治一带，都可以看到这种码放得如墙体一般的柴火堆。

也有专家认为，鞭麻墙的最早起源是一种军事需要。

无论鞭麻墙在藏区建筑中是如何出现的，对这一材料的使用，充分体现出了藏民族的聪明才智。藏式建筑的墙体砌筑，使用了石料、泥土等原料，墙基坚实稳固，墙体在升高时带有收分，使墙体越来越薄，如果在墙体高处仍然使用石料砌筑檐墙，就会使墙体荷载过大，产生隐患。藏族工匠们便采用鞭麻这种特殊材料砌筑檐墙，大大减轻了顶部的荷载。

鞭麻墙的砌筑，对建筑体本身也起到了极好的装饰效果。

砌筑鞭麻墙之前，首先要处理采摘来的金露梅和银露梅枝条：根据枝条的长短、直径等进行分拣，晾晒、去除树皮、用牛皮条捆绑成捆、削平根部，备用。

完成上述处理后，便可以在建筑中使用：将成捆的金露梅和银露梅枝条按顺序码放，根部朝建筑的外墙，再在码放好的枝条中用木楔嵌入枝条。

鞭麻墙做好之后，在外墙上加染涂料，这道工序要分几次完成。如此，鞭麻墙便呈现出一种褐红色，这种颜色看上去庄重、沉稳，特别适合寺院建筑，使寺院与其特有的宗教气氛非常吻合。

有人认为，这种把鞭麻墙涂染成褐红色的做法，源自苯教。藏族自称"东玛尔"，意思是"赤面人"，这种称谓据说与藏族原始宗教苯教有关。当时的藏族人在面部涂上红色颜料，以防止厉鬼的侵犯。随着佛教的传入及其他一些因素，这种涂面习俗渐渐消失，但依然保留在建筑上。

为什么这种藏族特有的建筑材料和建筑方式仅见于寺院，广大农牧民的居所没有采用呢？

有关资料认为，这是因为鞭麻墙制作工序复杂，使得它的建筑造价也很高，只有少数有经济能力的上层社会才能够建造鞭麻墙，随着社会阶级等级的出现，鞭麻墙随之成为上层社会的一种特权。因此，鞭麻墙也就成为一种常见于寺庙建筑的建筑材料。

在寺院建造的鞭麻墙上，还特地制作了一个圆形建筑图案，藏语叫"鞭坚"，意思是镶嵌在鞭麻墙上的装饰，也有人认为这是"梅隆"，即镜子，它照耀着这个世界，也照耀着每个人的内心。

在麻皮寺，才洛带着我游走在寺院的经堂、庙宇之间，说起了有关鞭麻墙的话题。才洛依然腼腆地笑着，却不再说话，而是缄默地听着我说。

从麻皮寺出来，到了青海海北藏族自治州政府所在地西海镇。

西海镇位于海晏县城东南部，南邻西海郡遗址所在地三角城镇，北与同宝山山下的白佛寺毗邻。海拔3200 米，总面积 436.96 平方公里，镇区总人口 1 万余，是一个汉族、藏族、蒙古族等多民族聚居的城镇，少数民族人口约占总人口的 50%。

西海镇是在国家退役的核试验研究基地——国营221 厂厂部的基础上建造起来的，原本的厂部留下了比较完善的供热和供水设施，因此也成为全省集中供热面积最大的城镇。西海镇在移交地方的国营221厂厂部的基础上开始发展，一开始就把城市绿化作为一项重要工作，因此也是绿化覆盖面积较高的城镇。

和才洛走在西海镇的马路上，我看到马路两边的隔离带、绿化区上也种上了金露梅和银露梅。

金露梅和银露梅已经成为青海许多城市的园林绿化植物，这看似平常的事情，却蕴含着深层的文化意义。"在合适的地方种植合适的植物"，这原本是城市园林绿化设计的基本原则，然而，在很长一段时间里，我们有过太多的尝试和冒险——引种南方或中原植物、在草地上喷洒绿色颜料涂染草地、用水泥建造椰子树等，都曾在青海一些城镇出现。近年来，青海一些地区开始金露梅、银露梅的人工驯化工作，将这一有着特殊地域风格的植物运用到城市园林绿化工作中。

金露梅和银露梅，蔷薇科，小灌木类植物，球形的树冠，错杂的分枝，在夏日时节绽放起五瓣的花朵，金露梅金黄，银露梅银白，花朵密集繁复，色彩鲜艳夺目。

金露梅非常适于在高原城镇种植，它喜好阳光，抗寒抗旱能力强，对环境、土壤的要求很低，从五六月开花，七月进入盛花期，花期长达近两个月。

　　此刻，仍然是深冬季节，金露梅和银露梅还没有开花。我走在西海镇的街道上，心里想象着当夏日来临，金露梅、银露梅盛开的样子，暗自决定，明年夏天，一定到这里来看花，看金露梅的金黄，银露梅的银白。一首叫《情定金银滩》的歌曲，悠然在我的脑际响起。这是由我作词，著名音乐人古格作曲，专门为在青海海晏县举办的全省农牧民运动会所作。成长于当地的歌手"岭·珠姆组合"演唱了这首歌：

　　　　　　听说你去了金银滩草原，
　　　　　　一定去寻访那片河岸，
　　　　　　此刻已是花开的春天，
　　　　　　彼岸的金露梅早已灿烂。
　　　　　　在这微风流溢的季节，
　　　　　　目光留恋美丽的湖畔，
　　　　　　百鸟争飞去了又还，
　　　　　　此岸的银露梅圣洁了容颜⋯⋯

# 西藏：秋天的五种元素

　　临近 10 月，尼洋河畔的秋色渐次浓重。大河两岸逶迤的山峦上是苍翠的松柏，几场秋风之后，松柏的色泽变成了一种沉稳的深绿，每一棵树几乎都有了一种忧郁的神情。掺杂在松柏之中的白杨，比之松柏，却显得多情而又敏感，几乎是一夜之间，树叶就变得一片金黄，用这种热烈而又跳跃的颜色，向秋天表达着自己的暗恋。尼洋河水也有了一种微妙的变化，喧响的水声和飞溅的浪花都没有了夏季时的激烈，由于没有了沿岸农民的引水灌溉，河面变得宽阔了些，河水更加清澈了些，流速似乎也缓慢了些。如此，一种绵延的哀伤便包含在这河流之中，让人一下就会想起"秋水"这个词。

　　尼洋河畔的公路上，一队朝圣者正在缓步走来。

我让开车的司机停下车，拿出相机拍摄他们，他们主动与我攀谈起来。领头的村主任告诉我，他们来自四川的理塘农村。今年风调雨顺，是个好天年，收割打碾完地里的粮食，趁着丰收的喜悦，他们就踏上了朝圣之路。如今，他们已经走了一个多月，经过了近1000公里的跋涉，翻越了东达山、怒江山，跨过了金沙江、澜沧江，沿途的湖泊冰川、森林田野也被他们甩到了身后。此刻，他们已经走过工布江达，离他们心中的圣地拉萨已经不远了，红山顶上雄伟的布达拉宫高高的金顶似乎就要遥遥在望了，他们按捺不住心中的兴奋，一边向我挥手告别，一边齐声唱起了一首家乡的民谣：

> 洁白的仙鹤啊，
> 请把翅膀借我，
> 不到远处去飞，
> 只到理塘就回。

这是被誉为西藏诗圣的仓央嘉措写的一首诗歌，据说在他圆寂后，依据他的这首诗，在四川理塘寻访到了他的转世灵童。不知道这些朝圣者是否知道这首诗歌所含的谶语，或许，除了因为离心中的圣地越来越近的兴奋，远离家乡的他们此刻忽然有了深深的思乡之情。

秋季到拉萨朝圣，这是西藏久远的一个习俗。《西藏人文地理》编辑、作家索穷是这样描述这一现象的：如今的拉萨，整个夏季是属于游客的，来自全国各地、世界各地的游人会聚在拉萨，喧宾夺主地成了拉萨的另一种风景，拉萨原本的秩序似乎被打破了。走在拉萨的街头，随处可以看到来自不同地区的游人，拉萨市民和那些朝圣者却反而淹没在大批的游人之中，显得微乎其微了。而随着秋天的临近，天气逐渐变凉，游人渐渐退去，这时候，拉萨原本的样子便开始渐渐恢复：西藏以及西藏以外各地的藏传佛教信徒中，农民们已经度过了秋收的忙碌，有了大把的时间一直可以到藏历新年，而牧民们也刚刚卖了新剪的牛羊毛，手里有了大把的钞票。于是，他们不约而同地向拉萨进发了。

索穷还形象地描述了拉萨秋天的一种景象：来自多卫康（安多、卫藏、康巴三大藏族方言区的简称）

不同藏区的朝圣者，围着大昭寺右绕而行，齐声诵念着六字真言，形成一种雄浑而又悠长的多声部大合唱，一种超然物外的神圣感就这样被营造了出来，令人激动万分。

但凡到拉萨朝圣的，都会在大昭寺广场合影留念，把自己踏上圣地的那一份喜悦永远定格在相纸上。索穷沉醉于这种美好的意象当中，每天拿着相机到广场去，他为很多朝圣者拍照留影，这些照片，成了他相册里一个特殊的构成。

秋天就这样成了西藏一个快乐的季节。或许正是这个原因，秋天，在藏语里叫"顿"，这个词在藏语里还有喜庆、节日的意思。比如婚礼叫"年顿"，而"瓦顿"是剪羊毛节的意思，西藏著名的节日"雪顿"其实是酸奶喜筵之意。秋天为什么会与"喜庆、节日"是同一个词汇呢？我认为这不是巧合，而是一种文化现象——在西藏，节庆活动总是与秋天有关。雪顿节，便是雪域藏区的寺院经过了漫长的夏季禅修之后，随着秋季的来临，僧侣们终于走出寺院，虔诚的信教群众手捧新鲜的酸奶，以酸奶犒劳寺院僧众的一个节日。望果节，则是忙碌了一年的西藏农民，在收获了青稞等粮食作物之后，表达对大地田野的感激和崇拜的一种方式。

西藏的秋天是欢乐的，因此也是五彩纷呈的，难以描摹的。西藏作家愣本才让·二毛却以藏传佛教密切相关的五行学说简单形象地描述了西藏各地不同的秋日景象。他说：五行，即金、木、水、火、土，在藏文化中的排序有所不同，则是木、火、土、金、水，与之相对应的几个地方是：林木茂盛的林芝，骄阳似火的拉萨，有西藏粮仓之誉的日喀则，阿里金色大草原以及西藏众多的神湖和养育了西藏的雅鲁藏布江、尼洋河。他的一番说法令我豁然开朗，这也成为我这篇文字的基本构架。

于是，一条沿着新藏线的追秋之旅就这样在五行的指引下开始了。

## 【木】林芝：秋天的宿营地

林芝位于西藏西南部，首府八一镇距离拉萨250多公里，原本，林芝并不在我要行走的新藏线上，而是川藏线的必经之地。但一个传说中的名字却牵引着我走向了这里。

　　这个名字叫张少锋，来自广东珠海的一位男子汉，他和妻子已经在林芝生活了近 7 年，他们在鲁朗镇的扎西岗村一旁的山坡上搭建起了一座西洋式小木屋，成立了自己的公司——西藏玛卡种植基地。

　　玛卡是一种生长在秘鲁安第斯高原的珍稀草本植物，玛卡的根茎，具有增强体力、消除焦虑、提高生育能力、缓解女性更年期综合征、治疗哮喘和促进伤口愈合等功效。联合国粮农组织曾将玛卡作为一种难得的保健食品向全世界推介，但截至目前，只有林芝及云南会泽、四川小金成为世界上成功引种玛卡的几个地区。玛卡的引种成功，为林芝市带来巨大的商机，种植面积达 1500 亩，惠及扎西岗及周边的许多村落，仅此一项，就能使当地农民的收入增加 1000 多万元。

　　我走访张少锋先生时，他正在忙于修筑小木屋周边的围栏，当我说明来意，告诉他我是来"寻秋"的，他听了幽默地说："你来的这个季节有些不好，忙碌的秋收季节已经过去，而周围的林木还没有出现秋天的景象，你两头都没看着！"说完，他爽朗地笑着，又说："林芝的秋天藏起来啦！"

林芝，是西藏海拔最低的地方，也是西藏的秋天到来最晚的地方。林芝被喜马拉雅山脉、念青唐古拉山脉和横断山脉所环抱，围拢在一片苍茫的林海之中。这里的林木资源十分丰富，林地面积 374 万公顷、森林面积 264 万公顷，森林覆盖率 46.09%，林木积蓄量位列我国第二。5000 多种不同的植物，分布在热带、亚热带、温带、寒带等不同的气候带中，季节也跟随着这些植物，次第出现在不同的植物带上。正如张少锋先生所说，林芝的秋天就这样隐藏在各种不同的植物背后，隐藏在不同的气候带里，宛若一个顽皮的少年，玩着捉迷藏的游戏，显示出"十里不同天"的景象。直至初冬季节，林芝依然是一派层林尽染、姹紫嫣红的秋日风景。张少锋他们种植的玛卡，也是要到冬季才能够收获的。

　　在张少锋夫妇的小木屋里，有一张用原木雕琢的大餐桌，几只木质的和石质的果盘随意摆放在桌上，果盘里盛着水果。张的夫人田野把果盘往我跟前推一推，说："当地产的，尝尝！"

　　林芝自然也是瓜果之乡。油桃、水蜜桃、李子、葡萄、西瓜、草莓……秋季来临，如今这里不论是当地产的还是引进的，瓜果品种已达十几种。在尼洋河与雅鲁藏布江汇合处，米林农场的职工拉宗正在向游人兜售自家种植的苹果。她承包的果园就在路边，摊上的苹果卖完了，可以随时到果园里摘一些新鲜的继续叫卖。拉宗承包的果园里有100多株苹果树和梨树，仅此一项她家可以收入1万多元。这是令人高兴的事，高兴之余，拉宗却有些担忧：果树树龄老化，水果的品质有所下降；外地水果上市早，抢占了市场先机。她希望当地政府能够帮助他们解决这些事情，通过科技改善地产水果品质，让地产水果的"原生态"特色充分体现出来，在市场上占有一席之地。

我跟随拉宗走进她的果园，看着她采摘苹果，却想起了与张少锋先生分手时的几句对话：

"很遗憾，你没看到林芝的秋天。"

"我已经看到了！"

"再过十几天你如果再来，这里就是一片秋色了，红黄蓝绿，色彩丰富。"

"在林芝，时时都能看到秋色。"

"你说得也是，到了冬天，才是我的秋收季节！"

"是啊，秋天永远留驻在这里，这里是秋天的宿营地！"

# 【火】拉萨：秋阳下的日光城

从林芝返回拉萨，我开始准备自己的追秋之旅：从西藏拉萨到新疆叶城，沿着新藏线走过秋天的大地。

拉萨不负日光城的美誉。清晨，一轮红日从拉萨河上蓬勃而出，用神奇的点金术，让整个河流成了一条流金的河。我沿着金色的拉萨河，向着这里曾经的"皇家花园"罗布林卡走去。

罗布林卡，西藏第一"宝贝园林"、夏宫、藏式建筑与园林艺术的杰作、藏汉合璧的建筑风格、世界文化遗产……无须过多地描述，这样的罗列已经能够展示罗布林卡的神奇与魅力了。

罗布林卡是拉萨林木和花卉最多最丰富的地方，这里的园艺师远从波密、林芝等地采撷一些野生林木和花卉，用牦牛驮运到拉萨，在罗布林卡内细心栽培，并成功将野生斑竹引种到了罗布林卡，使这里成为拉萨唯一长着竹子的地方。20世纪30年代，一位园艺师曾在这里种植花木，由于认真心细，加上手艺高超，曾得大家的赞许。当我来到罗布林卡，迎面遇到一位老园艺师，在与他攀谈中了解到，这位老园艺师同样也是一位穆斯林！

老园艺师名叫夏乾文。当我说明来意，这位老人便带着我，一边向我介绍园内的花卉林木，一边说起了他的经历。

老人祖籍山东菏泽，今年已是 71 岁高龄。小时候，邻居家是个大地主，有一个足有 100 亩地的大花园，种着艳丽的菏泽牡丹。每每到了牡丹盛开的季节，他就站在地主家花园墙边，看着花园内忙碌的园艺师，沉醉在那姹紫嫣红的色彩之中。似乎就是在那时候，他就喜欢上了园艺这一行。中华人民共和国成立不久，他辗转到了西藏，在这里，他修过路，架过桥，伐过木，几乎什么活儿都干过，却从来没有放弃对种花养花的热爱。1998 年，夏乾文退休后，专门到外地学习盆景和花木嫁接技术，学艺归来，他被罗布林卡聘为养花工人。

当初，他来到罗布林卡时，这里所有的花卉只有300 多盆，大部分是被当地人称作加巴梅朵。花色单一，品种很少，进入秋冬季节，这里便一片萧瑟，看不到什么花卉了。10多年过去，在夏乾文老人他们的努力下，这里的盆栽花卉已经达到4万余盆，60多个品种。夏乾文老人退休后，又被返聘回来。因此他自称是"返聘工人"。目前，他还有个工作，就是物色和培养新的园艺师。夏乾文老人对工作很认真，他能够叫出罗布林卡内所有花卉林木的学名，说出它们的原产地，并且还知道藏语的名字。

时值初秋，罗布林卡依然是一片缤纷，万寿菊、孔雀草、三色堇、福禄考……我跟随在夏乾文老人身后，穿行在花的艳丽与芳香之中，感受着此刻这座高原古城的丰富与烂漫。

根据拉萨日照充足的气候特点，罗布林卡栽培和引种了许多喜阳喜光的花卉林木，为了能够四季都有鲜花盛开，还专门培育了在秋冬季节开放的花卉。

夏乾文老人花了一夜的时间，为我罗列了一份"罗布林卡花卉种植品种介绍表"，并在次日把这份表单交给了我。在这份表单里，老人专门把他们栽培和引种的喜阳花卉和秋冬季节仍然盛开的花卉罗列了出来。根据这份表单，目前罗布林卡已经拥有喜阳花卉60余种，秋冬盛开的花卉40余种！这份用铅笔书写在普通信笺上的表单，勾勒出了一个百花竞放、繁花似锦的多彩的拉萨。

夏乾文老人的同事大都是藏族，当我提及是否在工作和习俗上有些不便时，夏乾文老师睁大眼睛说："能有什么不便，我老婆也是藏族人，再说了，历史上回族和藏族和睦相处的事例多了，拉萨的风筝大王就是回族呢！"

夏乾文老人所说的风筝大王，名叫沙木泽，是20世纪30年代制作风筝的传奇人物，据说他因制作风筝而获得过钦赐的印章。放风筝，大约在明清时期传入西藏，并且在西藏风靡一时。与"又是一年三月三，风筝飞满天"的景象不同的是，西藏放风筝的时间则是秋季，而且非常讲究。在拉萨，放风筝的时间与麦收紧密联系在一起，限定在每年8月～10月。当地人认为，放风筝的行为会影响到风神，风筝放得过早，风就会早早到来，等到了麦收季节，风力就会变得疲乏而无法扬场；风筝放得太晚，打场时风力太大，张狂的风声会把病魔带来。因此，麦收时节就成了拉萨放风筝的最好时节。每每到了这个时节，拉萨的天空，到处飘扬着大大小小色彩艳丽的风筝。

今年，拉萨市举办了首届风筝艺术节，沿袭和传承了这一古老的历史传统，展示了别具特色的西藏风筝艺术以及拉萨独有的"斗风筝"的绝活。

走出罗布林卡，我仰望拉萨的天空，放风筝的季节已经过去，在这片曾经飘飞着无数风筝的碧空中，一轮秋阳高悬中天，温暖的阳光遍洒大地，好一派秋高气爽的迷人景象。

## 【土】日喀则：青稞的圣地

从天上神域招来青稞魂，

从人间"赞"域招来青稞魂，

从地下龙域招来青稞魂……

青稞丰收了，日喀则市尼日乡芒嘎村的农民边巴扎西专门邀请村里德高望重的老人，为他家刚刚收割的青稞招魂，老人高声诵念着招魂词，边巴扎西则带领着家人肃穆地立在地头，附和着老人的诵词。

从财主的仓库里招来青稞魂，

从乞丐的袋子里招来青稞魂，

从活佛的宝钵里招来青稞魂……

为青稞招魂，是日喀则乃至整个西藏在秋收季节一个神圣又隆重的仪式。这些朴素的藏族农民认为，万物都有灵魂，因此光收获了物质的青稞是不行的，必须还要把青稞的灵魂招回来，这样才能够保证食用的青稞可以填饱肚子，强壮身体，保证用青稞酿造的白酒爽身怡神，保证来年青稞的生长与丰收。

青稞，青藏高原特有的农作物，禾本科大麦属，有白青稞、黑青稞、墨绿青稞之分。青稞耐寒、耐旱，适宜生长在寒冷、干旱、无霜期短的青藏高原地区。据有关报道，青稞具有丰富的营养价值和突出的医药保健作用。据《本草拾遗》记载：青稞，下气宽中、壮精益力、除湿发汗、止泻。藏医典籍《晶珠本草》更把青稞作为一种重要药物，用于治疗多种疾病。

日喀则，有西藏的粮仓之誉，是青稞的主要生产地。今年，日喀则市共落实粮食作物播种面积76.61万亩，其中，青稞播种面积就达64.38万亩，占总播种面积的80%以上。青稞在西藏的种植历史长达

3500多年，如此，这种农作物已经成为藏民族精神和生命的基因，在他们的日常生活和民俗宗教活动中，青稞的身影无处不在。

望果节，西藏盛大的民间节庆。作为西藏粮食的主要产地，日喀则的望果节更加盛大。我离开拉萨，沿着新藏线到达日喀则时，这里的望果节已经结束，与边巴扎西聊及望果节的话题，他向我展示了他在望果节时穿着的盛装，并且告诉我，望果节，就是给粮食过节，主要是给青稞过节。

"为什么要给青稞过节？"我问边巴扎西。

"没有青稞，我们就什么也没有了。"边巴扎西回答说。

有关望果节的来历众说纷纭，但常见的说法认为，望果节原本是一次护秋行动——粮食成熟，为了保卫丰收的果实，各个部落都派出强壮的男性青年，手持武器，守护在各自的田野周围，以免以青稞为主的各类粮食被周边的部落掠夺。

正如边巴扎西所说，青稞是藏族一日三餐以及在各种民俗宗教活动和各类节庆期间必不可少的物品。藏族人每天食用的糌粑，便是将青稞晒干炒熟后磨成的细面。糌粑的食用方法很多，常见的食用方法简单又方便：将糌粑与奶茶、酥油和少许的奶渣放在碗里搅拌均匀，就着茶水食用。此外，在自己身上涂点糌粑，表示清身避邪；在别人额头上涂点糌粑，表示祈福祝愿；在煨桑、祭祀等活动中，同样少不了糌粑。

收割打碾了青稞，除了把晾晒好的青稞炒熟磨成糌粑，或者做成"土巴"等日常吃食，在秋季里，日喀则的农民还有一件很重要的事，那就是酿酒。日喀则有着悠久的酿酒传统，家家户户基本上都备有专门的酒窖。

边巴扎西家的酒窖，就在他刚刚搭建好的手扶拖拉机车棚的一侧，几个硕大的陶瓷坛子，用厚厚的棉被包裹着。边巴扎西打开其中一个坛子，清醇浓烈的酒香扑鼻而来。他说，待到过年时，就可以饮用了。

边巴扎西告诉我，酿造青稞酒之前，首先要选出颗粒饱满、富有光泽的上等青稞，淘洗干净后，用清水浸泡一夜，放到大平底锅中加火烧煮，约两小时后，把煮熟的青稞捞出来，稍微晾一下，去除水汽之后，再把发酵曲饼研成粉末均匀地撒上去，慢慢搅动，再把青稞酒装进容器里，用棉被一类的保暖物包起来放好。如果温度适宜，一般只过一夜就会闻到酒味儿。

青稞酒色泽橙黄，味道酸甜，十分可口。除了日常喝的这种青稞酒以外，当地还出产一种特有的青稞白酒。这种藏白酒完全由天然泉水和纯青稞酿造而成，不经任何勾兑，有着独特的口感，是过去西藏王公贵族们宴会上的必备饮品。随着生活的富裕，这种白酒早已走进了西藏寻常百姓家。

离开边巴扎西家，走在寂静的村巷里，他家酒窖里的那股酒香，似乎也弥漫在这村巷里，而这个秋天，也从这浓郁的青稞酒香中，有了一种令人回味的醇厚的味道。

## 【金】阿里：黄金大草原

赤列塔尔沁曾任阿里地区政协副主席，退休后，他喜欢上了摄影。

"阿里的土地，有一种天然的高贵品质。"他对我说，"不论是古格王朝遗址，还是札达土林景观，或者是一望无际的阿里大草原，在炽热的阳光下，会呈现出一种令人肃穆的金黄色，特别是秋天的时候。"

他还对我谈起了他在阿里拍摄图片的感受和心得："在阿里拍片子，一定要心怀敬仰静静地守候，守候光线的变化，守候奇迹。秋天，是阿里最美的季节，秋天去阿里拍片子，一定会出好作品。"

正如赤列塔尔沁先生所说，当我沿着新藏线进入阿里草原时，车窗外的景象苍茫、凝重，一种独属于阿里的大气和高贵就掩映在这无声的苍茫与凝重之中，不事张扬，却令人震撼。

看着这样的风景，我似乎看到了这个世界原本的造化，没有人为的改造和破坏，天空和大地，雪山和草原，都呈现着自然的真相，一种敬畏的心情油然而生。在这个秋季，我就这样行走在阿里大地上。

据有关统计，阿里地区草原面积约 4 亿亩，占总面积的 87%，实际可利用草原 2.8 亿亩。这里的草原属高寒草原、高寒草甸和高寒荒漠类型，夏季短暂，冬天冗长，大多时候，草原呈现出一种金黄色，这是青草干枯后的颜色。由于冬季缺草，加上雪灾频繁发生，为了保证牲畜安全越冬，这里的牧民在秋季来临之际，都要储备大量牧草。如此，一个隆重的节日便在这里诞生，这便是割草节。

割草节始于何年何月，已无据可查，但这个节日却在阿里草原上延续了下来。原本，这个节日的背后似乎掩藏着某种悲凉的气息——牧民们和他们赖以生存的牛羊就要面临严冬风雪的考验，许多牲畜会被冻死饿死，但牧民们却显得懵懵懂懂，到了割草季节，他们把所有的欢乐都挥洒了出来。我向赤列塔尔沁提及这个问题。他说，牧民们把心头的悲伤深深藏在欢快的歌声背后了！

是的，在牧民的歌声里，听不到哪怕是一丝丝的悲鸣，欢快的割草节就这样在阿里草原上开始了。

为了这个节日，牧民们专门在水草丰美的地方留了一块草场，并用铁丝网围拢了起来，整个夏天，没有让一头牛羊走进这里，因此，这里的牧草长得很茂盛，很张狂，一如涂染上了金色的阳光。到了秋天割草的季节，牧民们约定好了时间，在同一天从四面八方赶来，他们带着镰刀，带着皮绳，割草节到来了。

牧民们把割好的牧草捆绑起来，码放在一起，却不急着运回家里——一年到头在各自的牧场上放牧，这样聚集在一起的时间很少，于是他们唱了起来，跳了起来，随他们而来的坐骑也按捺不住兴奋，不断地打着响鼻，一副欲罢不能的样子。果然，第二天，赛马开始了，速度赛、走马、马上射击、从奔跑的马背上侧身捡拾哈达……牧民们开始在马背上一展高下，炫耀技艺。一些年轻人，唱起了悠扬的情歌，一段段属于他们的爱情开始在这人欢马叫的热闹气氛里演绎开来。

在阿里，还有一种特殊的马术比赛，叫马上敬酒：三匹马先后起跑，第一匹马在飞跑中骑手将一只酒碗摆放在指定的位置上，第二匹马紧接着跑来，骑手手持酒壶，侧身往酒碗里斟满青稞酒，这时候，第三匹马出场了，只见骑手打马径直向着酒碗飞奔而去，侧身端起酒碗，仰头一饮而尽，欢呼声在人群中炸响。

一轮秋阳就要落山，漫天霞光。远远看去，金黄的草原上码放着一堆堆金黄的草垛，一顶顶的白帐篷也搭建在了草垛之间，也被渲染成了金黄色，人们穿梭其中，一些机敏的生意人也来这里摆摊做买卖，平日寂静的草原上人头攒动，好不热闹。

赤列塔尔沁多次目睹割草节的热闹，在阿里草原工作期间，他还经常担任割草节的主要组织者，在他的记忆里，割草节是阿里黄金草原上最热闹的节日。

# 【水】西藏：众水的故乡

西藏自治区内的水资源总量为 4482 亿立方米，为全国各省区首位；水能理论蕴藏量约 2.055 亿千瓦，占全国总蕴藏量的 29.7%，为全国各省区第一。西藏是中国河流数量最多的省区之一。据不完全统计，西藏自治区内流域面积大于 10000 平方公里的河流有 20 余条，大于 2000 平方公里的河流有 100 条以上，大于 100 平方公里的河流数以千计。金沙江、澜沧江、怒江、雅鲁藏布江等大河都流经这里，其中怒江、雅鲁藏布江发源于西藏。西藏高原还是中国国际河流分布最多的一个省区，亚洲著名的恒河、印度河、布拉马普特拉河、湄公河、萨尔温江、伊洛瓦底江等河流的上源都在这里。西藏是我国湖泊最多的地区，湖泊总面积 24183 平方公里，约占全国湖泊总面积的 30%，大小湖泊有 1000 多个，其中拉姆拉措、巴松措、纳木措、玛旁雍措、羊卓雍措、当惹雍措、拉昂措、色林措和班公措被誉为西藏九大湖泊。

这是一组来自官方的数据。毋庸多言，这组数字加上孕育了这组数字的无数座雪山冰川，已经能够说明一切：西藏，是众水的故乡。

王勇在西藏从事地产生意，我到达拉萨时，他正在为一个即将完工的楼盘的销售而夜以继日地忙碌着。经朋友介绍，我和他见面了。王勇有过 10 年的旅游从业经验，被朋友们称为"资深旅游专家"。的确，说起西藏的旅游行业，谈起西藏的自然山水和人文地理，王勇总是如数家珍，滔滔不绝，他可以不假思索地说出西藏所有旅游线路上的景点，并且把乘车、住宿等一些细节也说得清清楚楚。上述关于西藏河流与湖泊的数据，就是他向我谈到的，提及这些，他的脸上闪烁着骄傲的神色。

这个来自江南的汉族男人，作为"藏漂"已经在西藏生活多年，他说他在西藏从事旅游工作期间，踏遍了西藏的高山大川，唯独让他难以忘怀的，就是西藏的水。

"那个清澈和碧蓝，是世间独有的！"他赞叹道。

秋季来临，趁着国庆长假，王勇把他的父亲远从江南老家接到了拉萨，他是特意让父亲来体验这里的沐浴节的。

沐浴节是西藏众多的节日中，最富生活气息的一个节日。每每到了沐浴节，西藏各地从城市到乡村，从草原到农区，男女老少，全家出动，扶老携幼，纷纷拥入一条条河流和一处处温泉，日落西山之时，他们开始尽情地在水中嬉戏、洗澡、游泳，顺便还把家中的衣服、被褥等拿到河边清洗晾晒。

沐浴节为期 7 天，因此也被称作沐浴周。有关这个天数，还有一个美丽的传说。传说在很久以前的一年秋天，西藏发生了特大瘟疫。为了解救人间百姓脱离苦海，观世音菩萨派药神曼拉用 7 天 7 夜时间，扫除瘟疫，解救百姓，药神曼拉把 7 瓶神水，倾倒在西藏的每一条江河中。这一晚，大家做了同样的梦，梦见一位被病痛折磨的少女跳入河中洗澡，待她慢慢从河里出来，一下子就变得冰肌如玉、健康美丽了。人们就按照梦的启示，去河里洗澡，果然驱除了可怕的瘟疫。从此便有了沐浴节。

除去神话的色彩，应该说西藏初秋的确是最佳时节。因为西藏高原冬长夏短，春天冰雪开始融化，河水太冷；夏天大雨滂沱，河水混浊；秋天风和日丽，河水清洁温暖，自然是洗澡的最佳时节。藏历天文书有记载：初秋之水有八大优点：一甘，二凉，三软，四轻，五清，六不臭，七不伤喉，八不坏腹。

　　我从阿里首府狮泉河搭车前往新疆叶城，途经美丽的班公措。站在湖边极目望去，满眼碧蓝。清澈、纯净的湖水，似乎真的有一种神奇的魔力，让人一下安静了下来，心胸似乎也变得宽广博大起来。我给王勇打去电话，说我正沐浴在班公措的湖光山色之中，他在电话里说，好好看看，西藏的湖泊真的可以净化和洗涤一个人的心灵。他祝我一路平安，带着他的祝福，当我跨越1200多公里的高山荒漠，进入对我来说几近是"盲区"的新疆叶城时，我用西藏带给我的那种宽广和博大拥吻了这片土地。

# 布衣歌者

## 孤独的歌唱

牧人行走在天地之间，广袤的原野从他的脚下延伸而去，一直到遥远的天际。牧人把一只手搭在额际，举目眺望，他看到在原野的尽头，蜃气像流水一样浩荡地流淌着，让远处的一切变了形，走了样。原本坚固挺拔的山峦变得就像是一种流质的物体，在蜃气中时断时续，忽隐忽现。牧人感受到了巨大的自然的力量，感受到了自己的渺小。而像自然力一样巨大的孤独也时刻不停地向渺小的他袭来，他觉得应该找一个安全的处所藏起来，比如帐篷中的火塘一侧，抑或是阿妈满是汗渍和牛奶的膻腥味道的皮袄怀抱，但这一切只是从脑际里一划而过，可望而不可即。

因为他已经长大了。

写下这段文字，忽然发现那个虚构中的牧人，就是我自己。

记得在小时候，在放牧的路上，每当别人家的牧羊犬——一只藏獒愤怒地狂吠着向着我奔跑过来时，我心里充满了恐惧，而这恐惧，与此刻的我——那个牧人心里的孤独何其相似。

记得，我第一次遇到一只藏獒，它拽脱了拴着它的铁链，向着我冲过来时，我的阿爸及时赶到，一把拽住正准备落荒逃去的我，定定地站立在原地。因为有了阿爸，我心里的害怕立刻减损下来。那只藏獒冲到离我们大概十步之遥的时候，停下来了。它不断地叫着，做出要冲上来的样子，却没有再向前靠近。"不要跑，要停下来，必要的时候要迎上去！"阿爸说。后来，阿爸的这句话成了我生活中的一个经验，从此，我有了对付草原上的野狗、野狼，甚至一些困境和劫难的经验——虽然，我后来的生活，从我原本的轨道上偏离出来，我完全告别了草原，成为一名在城市里求生的人。

记得我刚刚开始发表东西的时候，有一家报纸采访我，并写了一篇有关我的新闻通讯，题目是《栖息在城市的游牧灵魂》，第一次看到这个标题，我心里就有一种被钝器击中的尖锐的疼痛，我感知到了这个题目的锋利，如今，时过境迁，我依然能够感觉到。那时候，我曾写下一首诗，收在一册多人合集的诗集里。我还记得那些稚嫩的诗句，却也是我至今不能释怀的一种感觉：

难以言说的世界
枯黄的牧草覆盖草原
离我攀援的楼梯
是一片苍茫的怀念

秋风以外
一只野鸟啁啾着往事
暮色里
撒欢的牛犊忘记了回家
怀念因此苍茫啊
因此苍茫

驻足于楼梯回望

如一匹孤兽

回望着不复存在的森林


我记得，小时候，我有一个习惯，走在风里的时候，便张开嘴，让风刮进嘴里，我控制着口腔——张开或微微闭合，同时不断收紧和放松两腮，并灵巧地运用舌头——不断地吐出来或缩进嘴里，如此，风便开始在我的嘴里唱歌，低吟出我会唱的某首歌的旋律。在这种时候，我会暂时地忘记孤独，进入一种自我迷醉的状态。但孤独还是会忽然跳出来，立在我面前，让我大吃一惊。每每这个时候，我会不由自主地大叫一声，一如我虚拟的那个牧人。

此刻，牧人面对巨大的孤独，他忽然想起了早已去往西方极乐世界的阿爸，想起了阿爸说的那句话——我阿爸去世时我 19 岁，他在病床上给我说，我还没给你娶个媳妇儿呢，没完成任务啊！至今，每每想起这句话，心里立刻充满悲凉——他停下来，向着自己的周围看去，他看见流水一样的蜃气在他的四周涌动着，他完全被淹没在雹气形成的看得见却摸不着的流质之中。他忽然大叫一声，接着又大叫一声，并向前走了几步，"必要的时候要迎上去"，阿爸的这句话闪现在他的脑际里。就这样，他把他的声音续接起来，慢慢地，他发现他是在歌唱，一首牧歌在他的头顶盘旋着，就像是一只苍鹰。他也真的觉得不再那么孤独了。

后来，唱歌成了牧人消解孤独的一种方法，他发现，孤独是害怕他的歌声的，只要他唱起来，孤独就会躲开他。于是，每次出牧，只要离开帐篷，只要走上原野，他就开始唱歌。而歌声也从当初的咿咿呀呀的无词之歌慢慢地有了几个简单的句子，而这些句子，则是他依据自己看到的东西即兴随意地添加进去的。比如，刚刚下了一场暴雨，此刻一道弯弯的彩虹出现在天际，他就唱道：五色的彩虹搭起了帐篷。再比如，盛夏季节，灿烂的野花盛开在草地上，便唱道：大地的头上插满了鲜花。他就这样唱着。偶尔累了，便停下来，说说话，他对彩虹说：白云是不是要到你家帐篷做客啊？他又对大地说：你难道是农区来的那些种青稞的女人吗？头上还戴着那么多花！

后来，这样的情景，被我写进我的小说里。记得，我曾写过一篇小说，叫《光荣的草原》，其中一个情节，便是小说里的主人公与白云说话，甚至与一群蚂蚁吵架。这些都不是虚构的，是我小时候的真实写照。记得小说发表后，一位素不相识的评论家写了一篇评论，题目是《当孤独成为一种审美》，最初看到这个题目，我心里同样尖锐地疼了一下。这个题目一如那个《栖息在城市的游牧灵魂》一样，对我，也是锋利的。

这时候，牧人忽然发现，这天地之间，虽然就只有他一个人，但这并不妨碍他说话，他可以和任何一样东西对话：原野上的花花草草、天上的飞鸟、河流里的小鱼，甚至一块石头，一堆干透了的牛粪。牧人一眼可以看出，这一堆牛粪是去年冬天的，冬天没有那种吃粪的飞虫，这堆牛粪因此保存得非常完好，加上它的外皮呈现出一种铁青色，而不是常见的黑色，种种迹象都表明了它被一头牦牛留在这里的时间——小时候，我在家里的工作，除了放牛，就是捡牛粪，至今，每次到了草原，看到某片草原上到处是牛粪，我就会有一种停下来捡拾的冲动。的确，我也真的可以一眼看出一坨牛粪的季节和时间。

牧人发现，除了他，在原野上喜欢唱歌的还有一只野百灵。它对唱歌的热情与执著，比起牧人来，有过之而无不及——正是一只凤头百灵的歌声，打断了牧人的歌声。牧人循着歌声举目看去，他什么也没看到，那声音充满了整个天空，也充满了整个草原。牧人猜测，这只野百灵，有着和自己一样的孤独。

　　牧人想到这儿，心里有了一种类似同病相怜的感觉，于是他噤了声，认真地听起来，他听到了草原上几乎所有的鸟禽鸣叫的声音：鹰隼、大雕、黑颈鹤、戴胜鸟、地山雀、雪雀、啄木鸟、红尾鸲……不论是候鸟还是留鸟，凤头百灵把它们的叫声贯穿在一起，让人恍若走进了一个交响着各种鸣禽的歌声的百鸟园。

　　后来，我从一个退休后侍弄鸟儿的老人那知道，一只被养在鸟笼里的百灵鸟，有十三口，意思是需要叫出十三种不同动物的鸣叫声，例如猫叫、小狗叫等——我难以想象一只百灵鸟去模仿猫狗的声音，那是多么无奈，那是一只已经远离了草原，失去了自由的百灵鸟在人类的驯服下的屈服与妥协，已经不是一只自由的野百灵在它的天地之间，由着自己的性子无遮无拦地肆意鸣唱的样子了。老人的话让我想起了一个曾经在我的家乡青海无人不知的"花儿"唱家，她从草原田野间自由随性地唱着"花儿""拉伊"走来，歌声里自然带着青稞野性的馨香和酥油奶茶特有的膻腥味儿。在那个电视还没有普及，网络更是一种谁也没有听说过是什么魔法幻术的时代，她的歌声通过广播，传遍了青海的草原田野。后来，她的声音从广播里消失了，那些每天期盼着听她在广播里"吼上两嗓子"的牧人和农民们不知道发生了什么。后来，大家才听说，因为她唱得好，国家把她送到了上海、北京，让她在那里的音乐学院里深造，让她唱得更好听。后来她回来了，可是，那些牧人和农民发现，她已经不会唱歌儿了，歌声里没有了青稞野性的馨香，也没有酥油奶茶的膻腥味儿，就像被什么洗去了一样。于是，有一句来自民间的，对这位女歌手的评价便在我的家乡传开了："唱家是好唱家，学上坏了！"

那只凤头百灵，还模仿了它的近亲——角百灵的叫声，牧人心里想，单单从鸣叫的本事去看，如果凤头百灵是一个在草原上声名远播的歌手，那么角百灵也只是一个小小的学舌者，大可不必去模仿它。

那时，我是草原上的一个小牧童，也像这个我虚构的牧人一样，经常听到凤头百灵婉转又悠长的歌唱，当我听到它像唱一首如今叫作"串烧"的歌曲一样，把许多鸟儿的鸣叫声串在一起，其中也有角百灵的声音时，我也会产生和牧人一样的想法。如今，经常看到电视节目里各种模仿秀，他们极力去学那些比他们有名的歌手的声音，甚至穿上和他们一样的衣服，留着和他们一样的发型，甚至不惜把自己的名字也改成与那位名人歌手接近的名字。看着他们，我也会想，比起他们来，百灵是一个名副其实的模仿高手，每一种鸟类的叫声，它都会惟妙惟肖地唱出来，但它从来不会改变自己，也不会只去模仿那些有名的鸣禽。它的歌声随性而又自由，它就那样其貌不扬而又我行我素地歌唱着，歌唱着它自己的精彩。

## 弟弟的角百灵

说到这些，我就会想起我的堂弟，他叫生来。在我小时候，他是我最好的玩伴，也是和我玩得最长久的一个人。那时候，我们几乎整天厮混在一起。初春的时候，我们到小牧村边缘的小溪旁去挖蕨麻——这是一种委陵菜属的植物的块根，俗称人参果，是一种味道极其鲜美的野生食材，在藏族餐饮中经常作为各种荤素菜品的配菜。那时候，我们就像是两个老到的农民，已经积累了丰富的挖蕨麻的经验，单凭目测，就知道哪些地方的蕨麻多、个头大。采挖蕨麻的季节，我们各自拿着一把镬头抑或一把小铁铲，在离村子不远的地方挖蕨麻，一挖就是一整天，一日三餐全部以挖得的蕨麻充饥，即挖即食，一直到太阳要落山时才赶回家里。记得我家隔壁，居住着一家牧民，依照当时的成分，他家是牧主，这个牧主分子幽默风趣，他分别为我和生来取了绰号。我叫"丹卡"，意思是泥嘴——那完全是挖蕨麻吃蕨麻的结果，而我堂弟生来叫"然久"，意思是蓄小辫子者，生来幼时多病，在他之前所生的孩子也曾夭折，为了能够存活，幼时便留了辫子当女孩子养活——这是故乡的习俗。

等到了母牦牛产下牛犊，我和生来的活儿就是每天放牧小牛犊，小牛犊出生后，要和母牛分群放牧，这样才能够保证我们人类可以从牛犊口中掠夺它母亲的牛奶。看管小牛犊的，往往是家里的半大孩子。

牦牛生下牛犊开始产奶的季节，恰好也是草原上各种鸟儿产卵的季节。

　　我们共同喜欢的一个游戏，只属于生活在草原上的孩童，那就是在这个春末夏初季节，在草原上寻找鸟巢。我敢说，在寻找鸟巢这一点上，我们具有堪比鸟类专家一样丰富的经验——我曾经是青海一家媒体的记者，有一年初夏，我和几个同事前往青海湖南岸的江西沟草原采访，当我们的采访车路过一片盛开着棘豆花的草原时，我让开车的同事停下车来，我说：这里一定有鸟巢！车上所有的同事很意外地看着我，以为我是在信口胡说，想找个理由让车停下。当车停稳后，我走下车，走向那片草原，并很快在一簇棘豆花下，找到了一个鸟巢——在棘豆花的枝叶的遮掩下，用草原上常见的干枯的牧草搭建的圆形鸟巢，精致得一如是人工所为，两枚鸟蛋安静地卧在鸟巢中，这是角百灵的鸟巢，也是草原上最容易寻得的鸟巢。

　　我和我弟弟生来，每年到了草原上的各种鸟类，特别是那些留鸟产卵季节，便开始四处游荡，一边放牧，一边寻找鸟巢，我们找到的大多数鸟巢，便是角百灵的鸟巢。那时候，我们每个人会找到三四十个鸟巢，然后会在鸟巢附近做一个记号，我们会把记号做得看似不经意的样子，只有我们能够辨认，以免让其他人看到——在我的家乡，那些专事捕捉野狐狸或者其他小动物的猎户，也有事先踩点，做好记号之后再去捕捉的习惯，我们生怕引起这些人的注意。做记号，还有一个原因，角百灵的鸟巢，搭建在草原上，所用的材料是就地取材的枯草，也就是说，它们利用大环境的色彩，完全把自己的鸟巢隐藏在了其间。美国自然文学作家约翰·巴勒斯曾经讲过一段故事：他和友人在牧场上发现一处刺歌鸟的鸟巢，却在他们走出三五步时"得而复失"，再也找不到了。"这个小小的整体，与整个牧场成功地融合成了一个整体。"他说。他对刺歌鸟鸟巢的描述，与我小时候经常见到的角百灵的鸟巢何其相似，发现一处鸟巢，转眼间却再也找不到，这是我们少年时多次的经历。

约翰·巴勒斯在描述刺歌鸟的鸟巢时，用了一句诗歌一样精妙的语言：辽阔隐藏了渺小。他通过观察发现，刺歌鸟泰然地把鸟巢建在辽阔牧场的中心，利用牧场上常见的枯草筑巢，雏鸟羽毛的颜色几乎也与枯草一模一样。刺歌鸟就这样凭借成功的伪装，把鸟巢建在一览无余的牧场。

小时候，我们从来不会拆毁发现的鸟巢，拿走鸟巢里的鸟蛋。这倒不是说，我们从小就具有环境保护或动物保护的理念。那时候，我们已经懂得大人们口中的杀生是一个可怕的词汇，也是一种可怕的行为，如果做了杀生的事，不单单是掠夺了那些弱小的生命，而且也会殃及自己的生命、运势，给自己带来不好的命数。

那时候，我们发现了鸟巢，做好记号后，就会隔三差五地来探望，直到鸟雀在刚刚搭建的鸟巢里产下鸟蛋，趴卧在鸟巢里一天天地孵化，直到有一天，一对儿，或者三只尚没有长出羽毛的、闭着眼睛的雏鸟破壳而出——我们把这样的雏鸟叫作净肚郎娃娃，这是一句青海汉语方言，原本指的是出生不久，没穿上衣服，还在襁褓里的婴儿。当雏鸟破壳而出，我们的探望就会频繁起来，几乎每天都会来看，俨然就是一个痴心于野外观察的鸟类专家，直到雏鸟的羽毛一点点地丰满起来，直到它们慢慢庞大起来的身躯不能安放在小小的鸟巢里，直到它们的父母带着它们飞离鸟巢。

那时候，一年里的每一个季节我们都在忙碌着，捡牛粪、拾蘑菇，这些都是我们必须要做而且也喜欢做的劳动项目。那时候，我们的玩具是劳动工具，而我们的游戏，则就是劳动，寓"劳"于乐，我们就是这样成长起来的。

在这个游戏里，我和弟弟生来最喜欢的游戏内容，就是将各自发现的鸟巢指认给对方。这种时候，一般都是作为一种交换条件的。

那时候，堂弟生来家的生活条件比我家的好，他不时会有一颗水果糖或牛奶糖含在嘴里，我对此垂涎三尺，看着他因为嘴里含着糖而鼓起来的腮帮子，口水就会忍不住地流下来。有一次，我和弟弟生来正在放牧小牛犊，又看到他嘴里含了一颗糖，听到糖在他的口腔里愉快地滚动的咕咕声，我有些受不了，于是我给他说："生来，我领给你一个大百灵的雀儿窝，我抿一下你的糖。"

生来同意了，他从嘴里吐出已经被他含在嘴里变得很小的水果糖，递给我，说："那你抿一下。"

我立刻把嘴凑过去，接住了他伸到我眼前的水果糖。

抿，青海方言，指的是把食物含在嘴里，用舌头的味蕾感受食物的味道。那一天，我抿着生来塞到我嘴里的糖，那香甜的味道，似乎至今还留在我的舌尖上。

那时的我们，尚不知道贪婪，我抿着弟弟的水果糖，但也克制着自己，只抿了一会儿，便又吐出来还给了他。

作为抿了他的水果糖的报偿，我当然要履行带他去看一个鸟巢的承诺，而这样的鸟巢，一般不会是角百灵的鸟巢，因为角百灵的鸟巢太常见了，而是一个不容易找到的鸟巢，一个在我看来比较重要的鸟巢。

我的弟弟生来长大后，和他的母亲，我的伯母一直生活在青海海西。有一年，我去看望伯母，弟弟一直陪着我，我们聊及小时候一起找鸟巢的事儿，说到动情处，他对我说，一定要再一起回到小时候居住过的草原找一次鸟巢。他还笑着对我说，到时候我带上水果糖，给你抿！

我们哈哈大笑着，便这样约定了。可是，就在那一年，他生病了，当时，我远在北京，听到他病重的消息，我放下正在忙碌的事情，从北京赶往青海。在首都机场等候飞机的时候，我心急如焚，悲痛难忍，一种难以发泄的情愫拥堵在心头，不知道如何释放。我便给刚刚认识不久的著名藏族歌手容中尔甲发去短信，诉说心里的悲痛。容中尔甲即刻回复我，说了许多安慰的话。自此，我和尔甲成为无话不说的挚友。

## 普天下的雌鸟

我对表现亲情的画面和文字没有一点儿抵抗力。春节前夕，央视做了一些公益广告，主题是家人团圆，一起过节。其中有一段广告是，正在急急等待着在外打工的妈妈归来的女孩儿，回头望向屋门时，刚好看到妈妈推门走了进来，便高喊着"妈妈"，飞跑着迎上去扑进了妈妈怀里。还有一段，女儿要回家过年，不想飞机晚点了，便打电话告诉家里，吃年夜饭时不要等她。年夜饭的饺子上桌了，父亲却没去吃饺子，而是穿上棉衣走出家门，到路口去等女儿……因为是广告，不断滚动播出，我也是看了好几遍，但每次看到，我都会流出泪来，不能自已。

2017年的夏天，我的家乡，青海湖畔的铁卜加草原一带曾经降下一场冰雹。大概是第二天吧，就有一个视频开始在微信朋友圈里不断被转发。画面里，是一只已经死了的角百灵雌鸟，当镜头慢慢推进时，一只手伸进了画面，把角百灵雌鸟的身体扒拉了一下，就在那可怜的母亲的身体被扒拉开的瞬间，画面上出现了原本被它的身体所遮掩住的一个小小的鸟巢，鸟巢里是几只尚未长出羽毛的幼鸟，因为忽然有了动静，这些幼鸟就像是忽然醒过来了一样，个个伸长脖子，张大了嘴喙，把嘴喙高高地升向空中。它们饿了，饥饿地等待着父母衔来的吃食。天哪，它们还不知道，在冰雹来临的时候，它们的母亲扑向它们，用自己单薄的身体护住了它们，一直到冰雹把自己砸死，也没有挪动一下！此刻，母亲已经死了，而这些幼鸟却浑然不觉。当我看着这个画面，泪水一下子涌出了眼眶，再也不敢打开这个视频，再多看一遍。我不知道这些幼鸟的父亲，已经失去了妻子的那只雄鸟，会不会单独承担起抚养子女的义务，把这些幼鸟拉扯长大，但依照角百灵的习性，雄鸟是会放弃对它们的养育的，这些可怜的幼鸟，最终也会随它们的母亲而去！如此一说，就觉得这只伟大的雌鸟死得不值。可是，当一个母亲，看到自己的孩子即将遭遇不测时，保护孩子，便是她本能的选择。这个世界上，也只有母亲会毫不犹豫地做出这样的选择吧！近日听到一个故事，说深圳有一位母亲为了给儿子治病，从容地跳楼自杀了，原因是她有一份保险，如果她死了，家人会得到一份赔偿，这份赔偿可以让她的家人缓解给儿子治病的巨额费用的压力。可是她不知道，保险公司对自杀行为是不予赔偿的！这种行为，与那只角百灵雌鸟何其相似！

　　普天下的雌鸟啊，普天下的母亲啊！

　　美国自然文学作家约翰·巴勒斯在他的一篇文字里描述了一种叫三声夜鹰的鸟儿，他描述这种鸟儿的一种"异常"行为：当作者靠近三声夜鹰的鸟巢时，受到惊扰的雏鸟跳跃了一下，接着便安静下来，闭上眼睛，完全不动了。"在这种场合下，那亲鸟做出疯狂的努力，试图把我从它自己的雏鸟那里骗走，它会飞出几步，匍匐地掉在地面上，抽搐着，犹如死了一样，有时还会震颤着它那伸挺的翅膀和俯卧的身体，同时它会敏锐地观察自己的诡计是否得逞，如果没有得逞，它会迅速恢复过来，在附近移往别处，试图一如既往地吸引我的注意力。当我跟随它，它就总是歇落在地面上，以一种骤然的特殊方式坠落下来。"美国作家梭罗在他著名的《瓦尔登湖》里描写了他在丛林里看到的山鹬一家：一只山鹬雌鸟带着它的几只幼鸟觅食，"母鸟发现了我，于是它从幼鸟身旁飞开，围着我周旋起来，越转越近，在四五英尺处，假装折翅瘸腿，诱使我注意，让它的孩子们趁机溜掉，那些幼鸟已经在它的计谋下跑出了池沼"。在我小时候，在凤头百灵身上也看到同样的行为。我还记得我第一次看到这种情景时的样子。有一天，我和堂弟生来一起放牛，当我们把牛群集中起来统计数字时，发现少了一头，显然，又是我家那头白牦牛。小时候，我家里有一头腹部些微有些黑色的白牦牛，它与众不同，它的名字反而简单，就叫白牛。白牛不在牛群里，我和生来便去找它。正是盛夏季节，草原上的牧草长得很旺盛，我俩经过的地方，是一片高草区，一种被我们叫作"孜多"的纤维粗硬的牧草湮没了我们的膝盖以下。当我们走到高草区的中心部位时，忽然，一只凤头百灵飞了起来，但它明显受了重伤，垂着头，耷拉着翅膀，只飞了几步远的地方，便硬生生地掉落在地上，我和生来不约而同地去追它，就在我们就要靠近它的那一刻，它又重新起飞，但依然不能很好地飞翔，它吃力地扑棱着翅膀，飞了几步远，又落了下来。就这样，我们一直跟随它走出了高草区，它这才像伤势忽然痊愈了一样飞走了。我们回家后，就把路上的所见说给父亲听，父亲听了说，遇到这种情况，说明凤头百灵的雏鸟就在附近，它是为了保护雏鸟才假装受伤的。果然，第二天，我和生来再次到那片高草区，那只凤头百灵重蹈覆辙，为我们上演了它身受重伤的骗术，我们也很快找到了它的鸟巢以及匍匐在鸟巢里的几只雏鸟。后来，我多次遇见同样的情况，亲鸟假装受伤的异常动作反而提示我去寻找它的鸟巢，几乎无一例外，都能在它起飞的地方找到鸟巢或者它的雏鸟。那时候我就想，它的这一伎俩，可能会骗过那些以鸟为食的猫头鹰或者藏狐狸什么的，但对人类，反而会暴露目标。后来，我在电视里也看到过类似的画面，介绍一种同样有这种佯伤行为的鸟类，不是三声夜鹰，也不是凤头百灵，这种鸟儿被解说者称作北美鸻鸟，但与我所知的鸻鸟却大相径庭，它便用这种行为，骗走了接近它的雏鸟的一头笨狼。后来我专门查阅资料，并根据资料判断，电视画面中那只亲鸟，那只勇敢可爱的妈妈，应该是斑麦鸡，它很像鹩鸟，但不是同一种鸟。

## 掩去身份的歌者

我发现，在我身边的人群中，大多数人对鸟儿是视而不见的，由此我判断，他们对其他事物，比如对野花也是同样的态度。我曾在我的微信朋友圈里发布一组蝴蝶的照片，标明这些蝴蝶都拍摄于我生活的城市西宁。有人看了便问我：西宁还有蝴蝶吗？看着这个坦然得没有一丝不好意思的问题，我一下噎住了。我想象，久居城市的人们走在路上的时候，目光之内只有路标与方向，行人和车流也只是路标与方向的另一部分，他们不会在意和他们生活在一起的还有许多鲜活的生命。这些人无法也懒得去分辨此鸟与彼鸟的不同，在他们眼里，所有飞过他们眼前，瞬间影响到了他们视线的鸟儿都是麻雀。美国自然文学作家约翰·巴勒斯也发现了这一点，他说：我想象大多数乡村男孩都认识泽鹰。这句话所透露的信息是，只有乡村这样一个更加接近大自然的所在，以及生活在这里的男孩这样一群对大自然还尚充满好奇的少年，才有可能认识野生鸟禽，即便是这样一个地方的这样一群人，也只能去想象他们对鸟儿的热情。书写了《沙乡年鉴》的美国作家奥尔多·利奥波德对这样的人们充满了意外和惊讶，他写道：我曾经认识一位很有教养的女士，她佩戴着全美优等生荣誉学会的标志。她告诉我，她从没听过，也没见过，那些一年两次在她的阳光充足的房顶经过，以昭示季节交替的雁群。这位作家写到这个情景后，忍不住批评道：难道，用意识换取只要些许价值的东西的过程就是所谓教育吗？若是这样，那大雁用意识换取的，不过只有一堆羽毛罢了。

约翰·巴勒斯曾经流连忘返于哈德逊河流域，在那里与那里的鸟儿们生活在一起。他沉迷于各种鸟儿们婉转悦耳的鸣唱之中，用深情的文字描绘了那些鸟儿们的鸣叫声。他试图用文字去接近声音，让人们通过阅读这种视觉的手段去抵达听觉所能享受到的美妙。他发现了这其中的艰难，他也发现"造物主拒绝把所有亮丽的色彩赋予它们，相反却把美妙而悠扬的嗓音赋予它们"，他用这句话描述了白喉带鹀、雀鹀等像他一样徘徊于哈德逊河畔的鸟儿们。而他的这句话放在我家乡的百灵鸟——凤头百灵、短趾百灵、云雀等身上，却也是那样恰如其分。几乎所有的百灵鸟都其貌不扬：头部带有装饰效果的白色条纹和基本是白色的腹部，作为鸟类最为重要的翅羽和背部颜色则是含混不清的棕褐色和黑色间杂的斑纹，嘴喙和双爪是暗淡的灰黑色和棕褐色。记得我曾在微信朋友圈发布我在我家乡的小寺院——尕日拉寺附近拍到的百灵鸟图片，便有一位作家朋友表达了他的失望："这就是百灵鸟啊？好失望，或许这就是人生吧！"他留言说，并附上了三个哭泣着的小人儿的表情。看着他的留言，我心里也微微有些失望，我的失望来自他以及和他一样的人们对百灵鸟的浅显认知，我知道，我无法表达我对百灵鸟的热爱，并把我的热爱传染给他，抑或说，我无法让他明白我对百灵鸟歌声的迷恋，使我已经对它的体形颜色忽略不计了。好在，他的情绪，并不会减损我对百灵鸟的热爱的一丝一毫。

其实，其貌不扬是百灵鸟出奇制胜的防弹衣，它就是凭借着它的其貌不扬——平庸的鸟巢，混杂的羽毛——保护着自己，保护着自己的雏鸟，保护着自己的后代。

还不仅仅如此。

即便是百灵鸟，它的雏鸟却是不发出声音的——雏鸟还没有长出羽毛之前，它们的眼睛也还没有睁开，感知这个世界，它们是全凭着耳朵的。记得小时候，当我们每每从一处孵出了雏鸟的角百灵的鸟巢旁走过，听到声音的雏鸟便以为是它们的父母为它们衔来了食物，便纷纷昂起脑袋，张大了嫩黄的嘴喙，单等着父母把食物放入它们的嘴喙中。看到这个情景，年少的我们便觉得非常可笑，不由得扯开嘴大笑起来。角百灵雏鸟的嘴喙似乎与它们的身体失去了协调，每当它们的嘴喙大大张开的时候，整个脑袋似乎就剩下了一张嘴喙，而脑袋部分几乎是整个身体的二分之一。人们形容一个人嘴张得很大，就说这个人一张嘴能看见他的嗓门儿，这句话放在角百灵雏鸟的身上，却一点儿也不夸张，真的可以一览无余地看到它们的嗓门儿。它们的嗓门儿虽然很大，但它们发出的声音却很小。当它们确认来者不是它们的父母的时候，甚至再也不发出任何声音了，高昂着的脑袋也会耷拉下去，不再有任何动作，只能看到它们频繁快速的呼吸让它们的身体微微震颤。那时候虽然已经注意到这一现象，却从来没去考虑过其中的原因。一次闲读美国自然文学作家约翰·巴勒斯的文字，才恍然大悟。巴勒斯在他的文字里说：在隐蔽处或者围起来的地方筑巢的鸟类的雏鸟，像啄木鸟、莺鹪鹩、金翅啄木鸟、黄鹂的雏鸟发出的叽叽喳喳和啁啾声，与大多数在开阔地和暴露之处筑巢的鸟类的雏鸟的沉默形成了鲜明的对比。巴勒斯认为，这是那些处在生存危险系数相对较高的地方的鸟类的一种天生的自我保护意识。是啊，在这种物竞天择的自然法则面前，即便是作为有着"草原歌唱家"之誉的百灵鸟，在它们的雏鸟时代也选择了噤声，把鸣叫和喧闹留给了那些筑巢在隐蔽和相对安全的地方的鸟儿们。

所以，百灵鸟，还留给了自己一个其貌不扬的童年。

我忽然间明白，百灵鸟，这些精灵，它们小时候的不歌唱，恰是为了长大后更加自由、更加纵情地歌唱。为了这个目标，它们从搭建自己的鸟巢开始，便开始了准备，这是一个长久而又缜密的准备——它们把自己小小的鸟巢隐藏在广大的辽阔之中，让自己有更多活下来的空间；它们以不会唱歌的小时候，让所有人永远也发现不了它们的歌唱天分；它们还用含混不清的毛色，让自己永远躲在"草原歌唱家"这样的称誉之后，就像是一个深藏不露的世外高人，以褴褛的布衣以及脸上肮脏的灰土有意掩盖自己的高贵，但内心却装满了不容侵犯的尊严。

# 丁香花与石榴籽的城市

美国自然文学作家约翰·巴勒斯长期生活在美国东部的卡茨基尔山及哈德逊河畔，观察那里的鸟类，让自己沉醉在鸟儿们艳丽的飞羽和啁啾的鸣唱之中，再以那里的山川自然为背景，把他看到的和听到的书写成保有细腻情感的文字。他的书写几乎没有离开过那里。然而，偶然地，他的笔触也伸到了美国西部，因为他发现了一件让他迷惑又饶有兴趣的事情，那就是，那些原本居住在美国东部的居民，当他们迁徙来到西部，便以曾经故土上的物种的名字，命名了新家园的物种。这种张冠李戴、指鹿为马的命名，给讲究规范的博物学分类带来了极大的困扰，然而，这其中却蕴含、掩藏着人们对故土的思念，那些取了旧名字的新物种，让刚刚来到陌生的新家园的人们无处安放的乡愁有了一个安放之处。

其实，这是人类迁徙史上的一个普遍现象，如果细心考察，几乎所有涉及人类移民的历史事件中，都能够轻而易举地找到这种印迹。我有时也想，这种普遍现象的发端，其实也是一个人的一种个人行为：那个人十分想念他背井离乡的故园，当他在新的尚不熟悉的新家园看到某种物种：路畔的一朵花儿或者飞过头顶的一只鸟儿，它们与故乡的一朵花儿或一只鸟儿有着许多神似的地方，它们的一声鸣叫，抑或是淡淡的花香，让他有一种宛若回到了故乡的错觉，这让他停下脚步，仔细观察良久。他很快发现了新物种与故乡他所熟悉的物种的不同，一丝微微的失落掠过他的心头。他明知不对，但他依然以故乡物种的名字命名了他看到的物种，慢慢地，更多的人也默默认可了他的这一命名。

我之所以这么推想，是因为在我自己身上就曾经发生过这样一件事。

那时，我刚刚从地处青海海南藏族自治州恰卜恰镇上的师范学校毕业，被分配到省上从事新闻采编和翻译工作。孤身一人，忽然从一座草原小镇来到省会城市西宁，当对城市的新奇感渐渐退去，对故乡的思念愈加浓重起来，忽然发现，原本在学校时可以回家的寒暑假也已成为过去，回家，成了一件十分奢望的事情，故乡反而成了远方。

好不容易盼来春节，满怀着喜悦回家过年，时间却像是被某种神秘的东西压缩、加速了一般，转眼便到了该回去上班的时间。背着行囊返回西宁，时间已经是次年的春天，高原依然是一片寒风料峭的模样。大概是那年的五月，一日，是午休时间，我游荡在西宁西关大街上。阳光柔和，气温怡人，让我心里的思乡之苦有了些许的减轻，我看到路畔裸露的土地上，已经冒出了嫩绿的草芽儿，于是我停下脚步，仔细地打量着那几根探头探脑的草芽儿，不由得想念起家乡初春时节的草原。家乡的草原，似乎总是在一夜之间跨过寒冬，把一个大美的春天忽然奉献在人间大地，紧接着百花竞相绽放：浅红的粉报春、金黄的蒲公英，馒头花露出红嫩的花苞……我正沉浸在对故乡草原春天的怀想之中，就在这时，一缕熟悉的花香忽然窜入了我的鼻腔。

这是馒头花的味道，是我家乡草原上最为常见的馒头花的味道！

我猛然抬起头，深深地吸了一口气，愈发确定这是馒头花的花香。我贪婪地吸吮着熟悉的味道，心里悠然兴奋了起来。我辨别着花香袭来的方向，就像是一条看不见的线绳牵引着我，循着花香迈开了步子。步子欢快，就像是在走向故乡。

很快，我就在离我不远的地方发现了花香的源头。在我身后，是邻家单位的家属院，一株花树站立在临街的一栋楼下，满树粉白细小的碎花，密密匝匝地簇拥在一起，裹拥住了整个树冠，密集的程度，超过了天上的繁星。这株树并不高大，只比我高出十几厘米，我抬头踮脚，完全可以碰触到树顶上的花儿。

我的鼻孔微微张开，不断大口地呼吸着，浓郁的花香几乎让我迷醉过去。我确定这就是馒头花的味道，但眼前明明是一棵我从未见过的花树，这是怎么回事儿呢？

我仔细观察起花树上的花儿，细小，每一朵花儿的直径只有五六毫米，与馒头花的大小差不多，再看颜色，俨然也是馒头花样的白色，我还注意到了花萼，也是馒头花样的浅红色。

但她不是馒头花……馒头花一丛丛地生长在草原上，是草本植物，而这株花树，虽然不是很高大，但她显然是木本植物。这一株花树的出现，让我在兴奋之余，也陷入了茫然。

尽管如此，自从发现了那株花树，我几乎每天都要去造访她，在她身边静静地站上一会儿，去吸吮她的花香。当浓郁的花香充满我的鼻腔时，家乡草原也在我脑海里逶迤地展开，那些有关馒头花的记忆，也会如梦境一般在我的脑海间闪过。

我还在心里给她取了一个只有我知道的名字：馒头花树。

小时候，我在家乡的公社小学上学，也是村里唯一一个在公社上学的孩子。住校，每周一次往返。公社离我的小牧村有 5 公里的路程，于是，每每到了周末，我就会孤独地行走在公社与小牧村之间。盛夏季节，每次行走，就要经过一大片盛开着馒头花的草滩，穿过这片馒头花丛时，我行进的步履就会慢下来。

大自然总是慷慨地打开她免费教育的模式，给每一个热爱自然的孩子传授许多的知识。这片馒头花丛，就教会我许多许多。比如，我在这里看到过《山海经》

里记载的"鸟鼠同穴"现象——那只叫雪雀的小鸟儿出没于被古人认为是老鼠的鼠兔洞穴里,它们亲密无间地在洞穴附近觅食嬉戏。小云雀为了保护刚刚出窝的雏鸟,假装受了伤,扑棱着翅膀飞不起来,直到险情消除后,才如短箭一样射向天空,悠然悬停在半空中,撒下响彻整个云天的婉转鸣叫。在这样的行走中,我也成了一个寻找鸟巢的高手,单凭观察地形,就能够判断出角百灵的巢穴会出现在哪里。

后来我知道,馒头花,她的学名叫狼毒花,在我家乡常见的是瑞香狼毒。家乡人们叫她馒头花,是因为她细碎的白色小花总是形成一束,从外围向着中间渐次升高,看上去就像白馒头一样。说是白馒头,大小也就只有如今的儿童食品旺仔小馒头那么大,但这样的"小馒头"总是一丛一丛的,在夏天的草原上大片大片地开放,形成了汹涌之势。

那么,草原上的馒头花为什么和城市里的"馒头花树"有着同样的芬芳呢?这是让我茫然至今的未解之谜。

那时候,我并不知道被我命名为"馒头花树"的花树到底是什么树,我曾请教过一位从小在西宁长大的同事，他说，那是龙柏。我也发现，甘肃、青海的汉族，都把她叫作龙柏。

直到后来，我才知道，那株有着馒头花一样芬芳的花树，其实是丁香！也就是诗人戴望舒在他著名的《雨巷》里写到的丁香！

这个发现让我惊喜又意外。我还记得，当我知道那是一株丁香树的那一天，我还专门去看那株丁香树。盛夏季节，树上的丁香花已经凋谢了，满树的绿叶圆润又饱满，紧紧地抱着每一条树枝，让整个树冠成了一个大大的绿馒头。那一天我还突发奇想：如果丁香花是城市雨巷里一个结着愁怨的姑娘的话，那么馒头花或许是草原上一个无忧无虑的牧女吧。

自从知道了那一株花树是丁香树之后，我也发现西宁街头到处都有丁香树，每年到了丁香花盛开的季节，我就在西宁的大街上游荡，追逐着丁香花的芬芳四处行走。八一路、民和路、滨河路、中下南关，以及人民公园、南山公园、北山公园，但凡有丁香树的地方，都留下了我流连的足迹。

知道了丁香花的名字，我又凭借着自己记者身份的便利，从相关部门了解到了更多西宁与丁香的故事。原来，早在我来到西宁的头一年，丁香花就成了西宁市的市花。那是 20 世纪 80 年代中期，西宁决定从众多的高原花卉中，遴选出一种能够代表这座高原古城历史文化的花卉作为自己的市花，在市民的踊跃参与下，经过一番广泛、慎重、仔细的权衡比对，丁香花从百花丛中、众香国里脱颖而出。

自此，西宁便将丁香花作为最主要的城市绿化植物，在绿地、广场、公园、河岸、车站、机场，以及单位、小区等广泛栽植。

西宁市之所以以丁香花为市花，其实是有着久远而深刻的历史文化渊源的。

据《西宁府新志》记载，清雍正年间，西宁民间就有栽植龙柏树（青海民间对小叶丁香的俗称）的习俗。在西宁市湟中区的莲花山坳，坐落着藏传佛教圣地塔尔寺，在这里，有一株暴马丁香树已经生长了近 600 年，至今依然挺拔蓬勃，当地民间还把一个传奇的故事赋予了这株丁香树：一代宗师宗喀巴的母亲，是一个贤惠勤劳的女子，当她身怀六甲之时，依然没有停下手中的活儿。一日，她去山间背水，却有了强烈的妊娠反应，便背靠一块石头休息，一个圣婴诞生了——据说，一代宗师宗喀巴就这样诞生在了野外，在他们母子脐带滴血的地方，长出了一株花树，适逢春日，这株花树绽放出一树清浅洁白的小花，紧接着，花儿落去，便又是一树郁郁葱葱的绿叶，绿叶蓬勃，足有十万余片，每一片绿叶都是饱满圆润的心形。有人被这葱郁的花树吸引，便走近去看，他发现，每一片心形绿叶上，都显现出了一尊盘腿打坐的佛的形象。"衮本！"最初看到这一奇迹的人惊呼了一声，这株花树于是便有了一个名字：衮本，十万佛像之意。人们视这株花树为无上的殊胜。后来，一座寺庙依着这株花树有了雏形，花树的名字又成了这座寺庙的藏语名字：衮本。

这座寺庙最初修成时，先有了八座佛塔，人们便也称它为塔尔寺。

这株暴马丁香，却被寺院僧侣及信教群众称为菩提树。这并不是植物分类学上的误读，而是出于敬仰之心的有意抬高。其中的心思，与人类在迁徙之旅中，以故土的物种，命名新家园的物种等同。传说佛教创始人释迦牟尼在一棵菩提树下悟道成佛，这使得各地佛寺在寺中广植菩提树，一时成风。然而，佛教到了中国西部，属于热带植物的菩提树不能栽植，暴马丁香便成了菩提树的替身，皆是因为暴马丁香与菩提树有着同样的心形叶片。这株丁香树象征着一代宗师的诞生以及一座寺院的落成，自此，这株暴马丁香也有了"西海菩提树"的美誉。

到了新世纪初，一座丁香园在西宁古老的南禅寺下落成。据媒体报道，这是一座以丁香花造景为主的园林场所，占地面积近20000平方米。之所以有这样一座园林，是因为这里有几株百年以上的丁香树，被有关部门列为古树名木悉心保护了起来，除此，满园的丁香树据说有9个品种。其中一株丁香树，就在写着"丁香园"三个大字的牌坊左侧，她不事张扬地掩映在满目的绿荫中，如果不去细心关注，便很难发现，只有走近了，才发现她被一圈低矮的铁栅栏保护了起来，树干上挂着一块小小的牌子，写着她的名字：紫丁香；科属：木犀科，丁香属；还有她的年龄：101岁（2007年统计）。也许这就是相关单位的良苦用心，他们以这样的不事声张，使得人们不大注意她们，反而让她们得到更好的保护。

几年前，西宁市提出要打造一个"丁香满城、花香四溢"的丁香之城的口号，当年就栽植了40万株丁香树。如今，全市的丁香栽植数量已经达到上千万株，占全市花灌木栽植总量的70%以上，主要以紫丁香、白丁香和暴马丁香为主。一座名副其实的"丁香之城"已经有了雏形，这也成了全市市民的一个梦想。为了实现这个梦想，西宁在大量栽植丁香树的同时，又将把这一目的的实现回归到最初的栽培试验上。

2019年，西宁建成国内唯一的丁香国家林木种质资源库。据有关新闻报道，这个种质资源库收集、引进丁香品种42个，保存丁香种质资源近百份，录入国家林木种质资源库信息平台36份。储备各丁香品种苗木5万余株，面积80亩。建立国家丁香种质资源库，不仅能改变西宁地区乃至全省造林绿化中对丁香品种繁育和应用力度不够的被动局面，更是为丁香种质在今后的繁育与生存提供基础保证。

随着种质资源库的建设，一批丁香花专类园也陆续出现在市民生活中，在为市民提供日常休闲娱乐场所的同时，也展示出西宁市丁香种质资源的收集成果。

种质资源库的建设，直接推动了一座丁香博物馆的建立。曾经是垃圾填埋场的火烧沟，一个叫作"丁香山谷"的丁香栽植项目正在推进。在这里，种植着30余种丁香树，许多丁香树的品种，都是特意引进的，如北京丁香、四季丁香等。她们与本土的丁香树有着不同的花期，如此，20余种丁香树错季节开放，让花的美丽和芬芳保持更长的时间。这是对丁香种质研究成果的展示，也为市民提供了一个丁香品种最全、最具观赏性的休闲游园。

西宁，这座古老而又年轻的城市，从高原的荒芜一点点地成为一座绿色宜居的城市。作为国家公园试点省的省会城市，如今的西宁就像是一朵正在盛放的鲜艳花朵的花蕊，点缀在大美青海最核心的顶端。据说，如今的西宁单单各类公园和绿地已近100座，"口袋"公园和"巴掌"绿地更是随处可见。伴随着打造生态西宁理念的不断推进，西宁已经不是一个有许多花园的城市，而是一个花园中的城市，正向着创建绿色发展样板城市的方向阔步前进。因此，丁香花不单单是市花，也已成为西宁绿色发展进程中一种极富代表性的城市绿化植物，也是西宁市民最为热爱的城市花卉。

因为绵延的乡愁，亦为信仰诉求，便把一种物种的名字，赋予另一种物种，寄托对故土的思念，抑或表达一份虔诚之心，在西宁，这样的案例，也出现在石榴花上。

石榴在我国的栽培历史，可以上溯到汉代，据说是张骞从西域引入的，在我国南方北方都有种植，在西藏察隅，至今还分布着大量野生古老石榴群落。在青海，由于气候高寒，石榴这种更适于在我国南方种植的树木，并未留下踪迹。但对于石榴，不论是石榴树、石榴花、石榴果还是石榴籽，青海人却并不陌生。因为在青海"花儿"里，有大量以石榴起兴歌唱凄美爱情的内容，甚至成了"花儿"研究中的一个关键内容。

我的一位朋友，从事地方民俗研究，他特别喜欢"花儿"，每每小聚，小酌几杯后，便到了他唱"花儿"的时间。

夏季里到了女儿心上焦，
石榴花结籽呀赛玛瑙，
小呀哥哥啊，
亲手儿摘一颗。

这是"花儿"《四季歌》(也叫《花儿与少年》)中的一段,是朋友的保留曲目,也在西宁各民族间广为流传。据朋友说,这首"花儿"不但描述了思念心切的少女想象少年来到她身边,亲手摘下一颗已经结籽的石榴,奉送与她,向她示爱求婚的情景,同时,也用"花儿"常用的暗喻手法,告诉少年,"只要你娶我成个家,我就给你养下一堆小娃娃"。显然,在这里,石榴籽是美好爱情的象征,也以她的多籽等特征,表达了未婚男女之间难以直白表达的一些内容,诸如共组家庭、结婚生子等。朋友认为,石榴在我国民间传统文化中,特别是在江南民间歌谣中,已经成为一种文化现象,青海"花儿"中的这种象征手法,直接源于江南民歌小调。而当石榴的意象进入青海"花儿",她也即刻与本土文化紧密结合在了一起。正如上述这段"花儿",将石榴籽比喻为"玛瑙",显然受到了青海本土文化影响。玛瑙,是青海世居民族藏族、蒙古族、土族等十分喜欢的一种饰品,时常挂坠、佩戴在人们身上。以玛瑙喻石榴,青海汉族先民从南方一路迁徙来到青海,开辟新的家园,与青海本土土著和睦相处、通婚往来的历史也被形象地描述了出来。

青海汉族的先民到达青海，最早可以追溯到汉代，但在青海民间的共同记忆里，他们是在明朝朱元璋时期，从南京珠玑巷（亦有写作珠子巷、竹子巷等）发配至青海，并在这里扎下根，一代代劳动生活至今的，各种历史记载也证明了这一点。青海汉族既然来自江苏南京，而江苏又是我国石榴的主要产地，青海先民一定有过种植石榴的历史，对石榴的记忆，也作为一种遗传密码，一代代地遗传给了如今并不种植石榴的青海人，而这种遗传密码保存方式，便是民间歌谣，便是"花儿"。所以，石榴，是盛开在青海各民族、盛开在西宁市民内心的精神花卉。

　　正如暴马丁香因为与菩提树有着同样的心形叶片，就被虔诚的佛徒当作菩提树，赋予她菩提树的地位和敬重，悉心栽培在佛寺之中一样，青海的汉族先民到了高寒的青海之后，他们也在时时寻找着故乡的石榴。后来他们发现，到了春末夏初，在这里灼灼盛开的荷包牡丹，色泽红艳，花形酷似微缩的石榴，于是，他们便把荷包牡丹称作石榴，以寄托他们对南方故土的思念之情，安放他们的乡愁。荷包牡丹是草本植物，为罂粟科荷包牡丹属，与生长在南方，属于落叶灌木或小乔木的石榴属植物毫无关系。朋友认为，"花儿"中不断吟诵的石榴花，大多是指生长在我国北方地区的多年生草本植物荷包牡丹。如此，在青海河湟文化中，"石榴"不单单是对姑娘的比拟形容，也包含了更为久远、更为悠长的绵绵情思。

"像石榴籽一样紧紧抱在一起。"这句话，给我国的石榴文化赋予了新的内涵。在西宁东关清真大寺门口的墙壁上，人们用鲜红的颜色写下了这句话。青海作为一个民族众多、文化多元的省份，她的省会城市西宁更为明显、集中地体现了这一特色。据第七次人口普查的数据，西宁常住人口中，除了怒族和塔塔尔族，其他民族都有居住。这座古老的高原城市，以一种开放、包容的心态，让各民族人民"紧紧抱在了一起"。

西宁市投资打造西北地区最大的主题公园"童梦乐园"，在这里有一条名为石榴籽园的民族文化街，56 间商铺，对应着 56 个民族，商铺的建筑风格依照每个对应民族原初的民族特色打造，出售的商品也是附着各民族文化元素的特色产品，象征和彰显着西宁这座城市的包容及中华民族共同体的多元和谐。西宁市也已经成功创建民族团结进步示范市，并把创建活动与打造绿色发展样板城市相结合，走出一条极富西宁特色的发展道路。如今的西宁，不单单在城市绿化层面，更在深层次的精神文化层面，同样成为一座灿烂的精神花园——绿色与多彩相结合，绿意盎然之中盛开着姹紫嫣红的繁花，这就是今天的西宁形象！

# 一场婚礼

后来我一直在想，也许，我们是受邀去参加了一场婚礼。那里的主人，是化身的天使，他们以凡夫俗子的身份款待我们，并引领我们看到了婚礼上最为华美的场景，而他们的形象，也蒙骗了我们的眼睛，我们没有发现他们天使的脸庞和翅膀，只看到他们平凡又世俗，如我们一样。

盛夏七月，去了一趟玉树。如若是往年，此时恰是举办一年一度玉树赛马会的季节，今年赛马会被临时取消，而草原上的大美，依然是往年把赛马会衬托得无以复加的大美：大地完全被绿草裹拥，冬春时节的嶙峋与荒芜，此刻荡然无存。绿草勾勒出了大地凹凸的曲线，显露出了她的丰硕肥美。野花散乱在绿草之中，深紫、浅粉、鹅黄、宝蓝……它们或一朵一朵，或一束一束，或一簇一簇，或一片一片——大地身着紧身的绿袍，那些花儿，则是随意绣织在这身绿袍上的装点。如洗的碧空，碧空之上看似淡然，其实骚动不安的白云，永远是大地隆重亮相的背景。

此行去玉树，是应了青海省作家协会组织的采风活动。一行十几人，皆是相互稔熟的文友，性情相投，话更投机，一路上的欢声笑语自不必说，到了玉树，大家关心的话题也几乎一致：这里是山之宗水之源，是三江源国家公园试点建设的核心区，多年的生态文明建设，有了哪些眼见为实的改观？这里物产单一，人们的生活水平较低下，锲而不舍的脱贫攻坚工作，有了什么样的成就？我们到达之前，事先联系了玉树州作协，他们为我们选定了一些具有代表性的采风点。这些采风点散落在玉树州囊谦县、称多县、杂多县等不同的地方，或是一处村落，或是牧人们的夏窝子，或是从草原搬迁到县城，坐落在县城小区里，俨然已是城里人的牧户。除此之外，大家也一定如我一样，藏着一颗充分感受"草原最美季节"的私心。

我们要去的第一站，是称多县清水河镇文措村。这是一个地处巴颜喀拉山山麓的小牧村，海拔4700

米。据玉树州作协主席秋加才仁介绍，这里虽然有着广袤的牧场，但地势高，气候寒，牧草稀疏。以前，这里的牧民以每家每户为单位，单打独斗，抵抗不期而至的旱灾、雪灾，往往身单力薄，在自然灾害面前束手无措，损失惨重。这些年，清水河镇科学规划，因地制宜利用草原资源，通过以村为单位、以社为分组，有效整合牛羊、草场、劳力等资源，不断增强牧民抵御自然灾害的能力，走出了一条让牧民们"抱团取暖"、团结协作的生态畜牧业发展之路。

我们在玉树州政府所在地结古镇休整了一夜，第二天一早，吃完早餐，便向着文措村进发。当汽车离开柏油公路，拐向一条颠簸不平的山路时，有人便问陪同我们一起前往的秋加才仁："多长时间能到？"

"半小时！"秋加才仁不假思索地回答道。

走了两三个"半小时"之后，汽车依然在山路上颠簸，却不见目的地的出现。车内有了些躁动，有人又问秋加才仁："到了没到啊？"

"半小时！"秋加才仁回答道。话音刚落，车里又是一片躁动。

那一天，"半小时"成了一种计程方法，每过半小时，人们便问秋加才仁到了没到，秋加才仁也一如方才地回答"半小时"。就这样，走了六七个"半小时"后，我们的目的地终于遥遥在望了。

就在这时，有人忽然大声叫道："你们看窗外的花！"

翘首盼着早点到达终点的我们，并没有在意车窗外的风景，随着喊叫声，大家向着车窗外看去。哇，车窗外移动的风景里，一束束宝蓝色的野花耀眼夺目，一朵朵、一束束地在车窗外闪闪而过。"快停车！"又有人高声喊叫起来，司机随之踩紧刹车，停了下来，大家蜂拥挤下了汽车。

在我们眼前，一片绿草葳蕤的缓坡铺泻而去，直抵蓝天，与蓝天形成一个蓝绿相间的夹角，活像是一个顽童用蓝色和绿色的蜡笔胡乱涂染出来的折纸，上方的蓝色涂得心不在焉，露出了白纸的底色，那是几多淡然的白云；下方的绿色涂得过于用力，缺少了层次的变化，一味的深绿充满了画面。而在深绿之中，散乱地闪亮着一束束的蓝色，就像是涂染上方的蓝色时，蜡笔的颜色不小心撒落在了绿色之中。

大家惊叫着，扑向草原，拿出相机、手机，开始对着那些蓝色的野花拍照。我按捺着心里的喜悦，也把相机镜头对准了野花。

这宝蓝色的野花便是绿绒蒿，计有多刺绿绒蒿、总状绿绒蒿、宽叶绿绒蒿等，她们特地选择在海拔4000米以上的高寒地带开放。

每次踏上三江源，总会看到她们的身影：在可可西里荒凉的腹地，在唐古拉山标示着海拔高度的峰顶，在黄河源头牛头碑高高耸立着的山巅，我都曾和她们不期而遇。不同的季节，她们显露出不同的风采：初夏季节，花瓣初绽，低垂的花冠暗掩着几许羞涩；深秋之时，几片残瓣不甘地遗落在花萼，花萼之上已经孕育出一枚枚满身芒刺的果实；隆冬到来，枝叶干枯成了褐黄色，好似遇火便可燃烧的一束柴火，但她们依然把果实高高举起，绽裂的果实正祈求着风把果核内的一粒粒种子带走。

而这一次，我看到的正是她们盛开的青春时刻，花茎坚挺，裹拥着一身尖刺，那是为了保护花朵的安全，担当着护花使者的角色。蓝色的花瓣也因为有了这样的安全保障而肆无忌惮地张扬开来，像是一束蓝色的火苗，向着蓝天，表达着她们炽热的爱情，也像是一个个蓝色的嘴唇，高高噘起着，试图给蓝天献上她们的初吻。

我不断地按下快门，把她们的放荡妖冶的身姿定格在相机里，忽然想起了"滴落在大地上的蓝天"这句话。这句话经常出现在藏族民歌里，用来形容草原上那些碧蓝的湖泊。顺着这句话的想象力，我也在想，绿绒蒿，这些娇艳的蓝色野花，或许是蓝天滴落到大地变成湖泊之时溅起的水珠，它们飞落在绿草丛中，依然身披着蓝天的装束。

宝蓝色的绿绒蒿，曾经让许多爱花人士为之倾倒。二十世纪初，英国著名植物学家金敦·沃德几经辗转，终于从锡金进入西藏，并在西藏尼洋河畔的一片原始林地里采集到了盛开着的绿绒蒿，大片的宝蓝色花朵让他惊讶不已，成为他此行中印象最为深刻的一个情景，以至于他后来写了一本记述此行在中国西藏、滇西、川康等地所见所闻的书，书名就叫《蓝色绿绒蒿的原乡》。他采集绿绒蒿的种子，把她们带回西方，绿绒蒿从此也在西方园林扎下了根，成为西方以驯化中国西部高原野生花卉为主要目的的"喜马拉雅花园"中的佼佼者。

或许，金敦·沃德当时所看到的情景，就像此刻我们面对的情景一样。

就在大家忙着拍照，不亦乐乎地几乎忘了此行的目的地时，为我们带队的秋加才仁一直安静地坐在路边上看着我们，我便有些不好意思地走过去坐在他身旁，对他说："咱们该出发了吧？"

"没事儿，只要大家喜欢，就再拍一会儿吧，咱们去的地方不远了，半小时内绝对能到！"说着，他笑了，又说，"看你们这么喜欢这里，我就觉得很幸福，这里是我家乡啊！"

我看着他，由衷地对他说："你的家乡真美！"

远远看到文措村几家牧户的帐篷，随意地散落在一片高处，星星点点，亦如眼前的绿绒蒿。到了近处，才发现这几顶帐篷相互照应，形成了一个夹角，从这里远眺四周，一切尽收眼底。一问，才知道这是牧民们为了防备草原上的野狼、棕熊等袭击牲畜，而达成的防御联盟。之前，牛羊和草场承包到户，牧户各自为政，遇事很难独自解决，清水河镇的干部们把这些问题看在眼里，急在心里，他们鼓励牧户团结起来，为此还重新调整草场、牲畜等资源，不但增强了牧户抵御风险的能力，之前经常发生的草场纠纷也迎刃而解，一举两得。我们到来时，清水河镇党委书记仁青江才早就在这儿等我们了。献过哈达，一阵寒暄之后，他带我们去看国家为牧民修建的牲畜暖棚暖圈，畜棚一侧已经高高垒起了牲畜过冬的饲草料，一切都显得井然有序。仁青江才书记说，如今的牧民，互帮互助，谁有困难，便不约而同去帮助他，一起走出困境。他说，他们的生态畜牧业合作之路越走越宽，走出了一条脱贫攻坚、共同富裕的路子。

　　听了仁青江才书记的话，忽然就想起了刚刚在路上遇见的绿绒蒿。绿绒蒿的花瓣，看似锦缎一般轻薄柔滑，她们却选择在海拔 4000 米左右的高地开放，不但让自己在高地上绚烂成了最为亮丽的蓝宝石，也为那些弱小的传粉昆虫提供了过夜避寒的地方——她们白日里张扬开来的花瓣，到了夜晚就会闭合起来。有关专家研究发现，每每此时，她们花瓣内的温度比外面高许多，昆虫们便喜欢钻入她们用花瓣合拢而成的暖屋里过夜。在高原凄冷的夜晚，她们便成了许多传粉昆虫的庇护所，帮助它们度过了漫漫高原寒夜。传粉昆虫也就不再嫌弃她们没有花蜜，没有芳香，依然乐于帮助她们传播花粉。这样的共生关系，也让她们自己获得了年复一年开花结果的良缘。

生长在高原上的宝蓝色的绿绒蒿，那美艳的花儿点燃了无数人的眼睛，甚至让西方世界感到惊讶和震撼。而当地牧人，却对她们见惯不怪，这一点，从牧民给她们取的名字中就能感觉到：才尔文，意思是带刺儿的蓝色花朵。平实直白，稀松平常，看不出一点儿赞叹欣赏的意思。而在许多藏医药典籍中，却郑重其事地载入了"次尔文"的名字，作为一剂草药，书写在重要的位置。比如，在被誉为藏医鼻祖的玉妥·云丹贡布所著的《玉妥本草》一书中，以一段韵文记载着多刺绿绒蒿的方剂：

> 绿绒蒿生阴草坡，
> 恰似瑞香狼毒丛，
> 长短五指或六指，
> 全株多刺花蓝色，
> 果实形似羊睾丸，
> 治疗头伤止刺痛。

或许，生活在广袤高寒的高原，艰辛贫瘠的环境和生活使得这里的藏族牧民在对人对事时，比起外在的美丽，更加注重内在的品质。所以，面对漫山遍野的野花，除却她们的美艳芬芳，他们更在意她们的用途。就像一首流传在玉树地区的民间情歌所唱的那样：

> 不在意山峰是否高大，
> 只在意山势坚定挺拔。
> 不在意姑娘是否漂亮，
> 只在意心地纯真善良。

走出帐篷，在帐篷周边依然盛开着一丛丛的绿绒蒿。此刻的绿绒蒿，不用展露她们的药用价值，却把她们的美艳张扬得肆无忌惮。我拿出相机，又把许多宝蓝色的花瓣定格在相机里。

从文措村回到夜宿的酒店，翻看相机里的照片，看着那一束束蓝色火苗般绚烂的鲜花，看着牧人们干净明丽的笑靥，心里隐约有些恍惚：或许，我们今天的所见所闻，就是在参加一场婚礼，迎接款待我们的主人，并没有告诉我们婚礼的主角是谁，他们只是把我们引领到婚礼现场，让我们看到这婚礼的华贵。那些花儿，布置在婚礼现场，是对这盛大婚礼的装饰，抑或是对成婚的新郎新娘的祝福与加持。那些牧人，他们是新郎新娘的亲属，是真正的贵宾。

就像草原上的婚礼往往需要几天一样，这场婚礼仍然在继续。

第二天，我们前往玉树囊谦县去采风，路经称多县清水河镇政府所在地的小城镇，称多县文联主席仁青尼玛在这里等着我们。他上了我们的车，故作神秘地说："我要带你们在镇上走走，但首先要去另一个地方！"

"要走多长时间？"车上有人马上问。

"半小时！"他刚回答完，车里的人们便不约而同地会心笑了起来。

这次的车程的确在半小时左右。经过一段崎岖的山路，我们来到了一片山谷。一条溪流从山涧湍急流淌，溪流两岸怪石嶙峋。在山口潮湿的开阔地带，大片大片地盛开着一种淡黄色的野花，放眼望去，整片山谷都包容在一片黄色之中。我们惊呼着，从刚刚停稳的车上冲下来，冲向了野花丛。

这里便是仁青尼玛要带我们来的另一个地方。我们到达时，下起了淅淅沥沥的小雨。浅黄色的花儿经过微微细雨的洗涤，变得圣洁高雅，每一朵花朵都挂着清亮透明的露珠，淡淡的清香弥漫了整个山谷。

那么，这是什么花儿呢？

近年来我致力于以青海湖环湖地带为地理背景的高原野生花卉的书写，比起其他人，我自认为在这方面的知识还行，但凡高原上的花儿，基本上能叫得上名字，但这种花儿，我却不认识。同行的伙伴们都过来问我："这叫什么花儿？"我只能尴尬地摇摇头。幸好，我来玉树采风时，特地带了一本书——被誉为"鸟喇嘛"的扎西桑俄和他的团队编著的《三江源生物多样性手册》，急忙拿出来翻阅查找，经过图片与实物的对比，确认她们是钟花报春。说来也巧，回到西宁后，翻阅英国著名植物学家威尔逊所著《中国——园林之母》一书，很快就读到了一段他到四川巴郎山发现钟花报春的文字：在巴郎山山口，其植物种类全属高山性质，草本植物种类之丰富的确令人惊叹。多数生长旺盛的植物多开黄花，因此黄色成了主要色彩。在海拔11500英尺以上，华丽的全缘叶绿绒蒿成英里地覆盖山边，花大，因花瓣内卷而成球形，鲜黄色，长在高2～2.5英尺的植株上，无数的花朵呈现一片壮丽的景色，在别处我从未见过这种植物长得如此茂盛。钟花报春花淡黄色，有清香，在湿润处极茂盛。多种千里光、金莲花、牛蹄草、马先蒿，还有紫堇加入了黄色占优势的花展……

看着威尔逊的文字，回想那天与钟花报春相遇的情景，可以确认，那天的"花展"，是独属于钟花报春的天下，没有其他花卉的参与。这一点，与威尔逊看到的有所不同。

我也查阅了更多有关钟花报春的资料。钟花报春，藏语叫新智梅朵，是用来礼佛的供奉之花。威尔逊应该不知道，早在11世纪，中国北宋时期，古印度佛学家阿底峡入藏，曾在拉萨聂塘久居，当他在这里见到清雅芬芳的钟花报春时，大为惊讶。后来，他在一部佛学著作里专门提及钟花报春，他说，藏地酷寒，却有如此素美、清香的花儿，可用以礼佛，实属奇迹。

威尔逊在上述文字里，还提到了全缘叶绿绒蒿。在藏语里，全缘叶绿绒蒿有一个与众不同的名字：欧贝勒。经多方查阅资料，并咨询对高原花卉也颇有研究的"鸟喇嘛"扎西桑俄，我确定，欧贝勒，其实就是佛教典籍中经常提及的邬波罗花，欧贝勒亦即邬波罗，是同一古印度梵语的不同谐音。邬波罗花，原指用来供佛的睡莲，佛教传入西藏，佛前供花的仪式同时传入，高寒的西藏，却没有睡莲可献在佛前，于是，人们便用全缘叶绿绒蒿替代了睡莲，同时也把睡莲的梵语名字赋予了她——美国自然文学作家约翰·巴勒斯曾经在一篇文字里提到，伴随着人类的迁徙，人们总是用原乡物种的名字，命名新家园的物种，以寄托内心的乡愁。看来不单单是人类迁徙，文化的传播，同样会带着这样浓浓的乡愁。

此前，在文措村看到一束束的宝蓝色的多刺绿绒蒿、总状绿绒蒿时，我就期望能够看到全缘叶绿绒蒿，在这片盛开着钟花报春的湿润河谷，我同样抱着这样的希望。可能是地理、花期等原因吧，那几天里，我却与全缘叶绿绒蒿无缘。意外的是，那一天上了车，与我们同行的诗人马海轶，打开他手机里的相册，给我展示他拍到的花儿，一朵全缘叶绿绒蒿赫然出现在众多的花卉照片里。

"这是你在哪儿拍到的？"我惊讶地叫道。

海轶兄听着我忽然提高了的声音，看看照片，又看看我，一脸的茫然。"怎么了？"他问我。

"这是全缘叶绿绒蒿啊，我一路上都在寻找她，但没有看到。"

海轶兄看看照片，又看看我，他记不起来是在哪儿拍到的，也不知道他拍到的就是全缘叶绿绒蒿。看到我如此惊异，他似乎有些不好意思，马上说："我把照片发给你，发原图。"随即，便把照片发给了我。

绿绒蒿，罂粟科绿绒蒿属植物，有许多品种，也有各自不同的颜色。在三江源区常见的绿绒蒿就有金黄的全缘叶绿绒蒿、鲜红的红花绿绒蒿、宝蓝色的多刺绿绒蒿、深紫的久治绿绒蒿等，她们是三江源众多花卉中的花魁。2014年，国家邮政局发行过一套名为《绿绒蒿》的特种邮票，至今受到许多集邮爱好者喜爱。我国著名植物科学画大师曾孝濂先生，从他画过的成百上千种植物画中特地挑选了一幅多刺绿绒蒿的画作登上央视《朗读者》节目，讲述了他与这朵花儿的奇特过往。

绿绒蒿是值得被追捧的花儿。

观赏了钟花报春，心绪依然停留在被花儿的美艳和芬芳迷醉之中，仁青尼玛带我们到了清水河镇参观。从产业园到电子商务平台服务点，令我印象极深的是一家小小的藏族服饰裁缝店。普昂是一个40多岁的康巴汉子，几年前，在县上安排组织的一次缝纫培训班上初学缝纫技术，便开始尝试着在镇上开了一家缝纫店，几年下来，不仅自己开始赚钱，每年有近10万元的收入，还为镇上7个贫困户家庭提供了工作岗位，为他们每人支付每月2000多元的工资，成了致富带头人。在他的裁缝店里，悬挂着他和他的徒弟们缝制的几件藏服，服饰充分利用布料原有的花卉图案，巧妙地让这些花卉图案凸显出来，又在衣领、袖口、下摆等处绣织上了许多精细的花卉图案，看上去就像是对大自然的模仿。或许，他的藏服受到当地牧民的欢迎，恰是因为他的设计迎合了牧人们天性中对大自然的喜爱。其中有一件坠挂着许多华丽饰品的女式藏服穿在一个塑料模特儿身上，我问普昂这是为谁定做的，他笑着说是为一位新娘定做的。

他的话，让我再一次有些恍惚：我们是在参加一场婚礼吗？我们到现在尚未见到的新郎新娘是不是马上就要盛装出场？今天看到的钟花报春，可能是婚礼上的另一处布排，是大自然在这场婚礼上的一个花供现场，和文措村的绿绒蒿一样。

来到玉树的第三天，我们到了平均海拔 4000 米以上的杂多县。杂多是藏语，澜沧江上源的意思，这里正是澜沧江正源扎曲河源头所在地。除此而外，这里还有"中国虫草之乡""中国雪豹之乡"的美誉。

到达杂多县城的头一天，杂多县作协主席扎西旺索就带着我们去了一个小区，杂多县委书记才旦周已经在这里等着我们。小区的住户是清一色的牧人。为了保护三江源头生态，不让过度放牧的劳动生活方式破坏澜沧江流域的植被，让"一江清水向东流"，使澜沧江中下游更多的国家和人民安居乐业。他们放弃了千百年来的游牧生活，卖掉了牛羊，搬迁到了县城居住，为此，国家出资为他们修建了住房，并为他们安排了适当的工作。据才旦周书记介绍，"十三五"期间，杂多县共识别建档立卡贫困户 5137 户、15206人。全县投资 1.92 亿元建设易地扶贫搬迁小区及水电暖配套设施，解决了 711 户 3139 人建档立卡贫困户的住房问题，实现了 100% 的入住率。2019 年，杂多县荣获"全省十三五期间易地搬迁先进县"称号。

还优先安排 48 名搬迁户在杂多县扶贫物业公司就业，年人均增收 2.4 万元。才旦周书记还带我们来到了一个牧户家里。这是一个四口之家，远从地处澜沧江源头的扎青乡搬迁而来，80 多平方米的新房，藏式风格的装修，宽敞明亮，温馨舒适，电视冰箱等一应俱全。四口之家的主人如今是县上的生态管护员，每个月有 2000 元的收入。"这些都是全力推行精准扶贫政策的成果。"才旦周书记说。

当天晚上晚餐时，县文旅局副局长青梅才仁带着几位歌手来为我们接风献歌，瞬间，让简单的晚餐变成了一个小型演唱会。

青梅才仁毕业于艺术院校，曾经是一位优秀的歌手，也为其他许多歌手写过歌。一番客套之后，青梅才仁率先领唱，他带来的几位歌手附和。先是一首《我们青海》：

> 山是这里的山最雄伟，
>
> 水是这里的水最清澈，
>
> 啊，青海的山哟青海的水，
>
> 山水相连高原山水多壮美……

接着是一首《美丽的玉树》:

　　　美丽的玉树，是我的家乡，
　　　这里的草原宽阔无垠，
　　　这里的歌舞竞相争艳，
　　　这里的人民奋发向上……

最后他唱了一首由自己作词作曲的《杂多宝地》:

　　　离天最近的地方，
　　　澜沧江从这里流向远方，
　　　草原最绿的地方，
　　　雪域牦牛文明从这里发祥……

　　故乡在他们的歌声里一点点地具体形象起来。好像是远行的游子思乡心切，在故乡最美的季节，他决意返回故乡，赶赴一场盛大的婚礼。于是，他一路唱着歌，一步步一点点地向故乡靠近，先是到了省城，继而到了州府，最后，义无反顾地径直走向故乡。歌声婉转，满含情感。

听着他们的歌，我的内心涌动起一次次的热流。是什么样的思念，才会有如此真切的吟唱？是什么样的热爱，才会有如此真诚的赞美？那天，歌声燃起了晚餐的气氛，大家争相歌唱，一直到了夜色朦胧。

后来，我一直在想，也许，我们是受邀去参加了一场婚礼。那夜的晚餐，或许就是婚礼的高潮部分，它以赞美故乡的方式，赞美了天地自然。我豁然开朗，这场婚礼的主角，或许就是故乡的高天大地，天坚定挺拔，地纯真善良，就像那首民间情歌里唱的那样。我们在主人的引领下，见证了天地自然的盛大和合。是的，是天地自然的盛大和合。

# 从山宗到水源

2019年8月中旬，我作为"饮水思源·探秘三江源"活动的成员之一，与我们的团队一起前往黄河源头的牛头碑。

为了能够早一点到达牛头碑，能够在那里多逗留一些时间，头一天，我们就从青海果洛州府所在地大武镇出发，赶往玛多县城，途中路经玛多县下辖的花石峡镇。玛多县城及花石峡镇所在地，平均海拔4500米以上，气候高寒，水的沸点只有70多摄氏度，煮饭夹生是经常的事，因此，在民间便有"玛多不住店，花石峡不吃饭"的说法。为了赶赴与牛头碑的约会，我们反其道而行，在花石峡吃了饭，晚上便住在了玛多县城。

夜宿玛多县城，便听知情人说，玛多县城所在地不但海拔高，而且正好处在一个断氧层上，所以，许多人都会在这里出现强烈的高反现象。不知此话真假，那一夜，睡到半夜，我便突然醒来，直至清晨一直没有睡意。或许是应验了这种说法，但我知道，要去牛头碑的兴奋也是造成我失眠的原因之一。

黄河源牛头碑修建于1988年，屹立在位于扎陵湖和鄂陵湖之间的措哇尕则山上，这座独自耸立着的山峰，海拔4600米。根据资料，其碑身高3米，碑座高2米，宽2.8米。碑的正面用汉文和藏文题写了"黄河源头"四字。

那天早晨，用完早餐，我们的团队便乘车向着牛头碑走去。县城很快就被甩在了车后，甚至没有感受到从人类建筑到大自然中的过度，我们的车已经行驶在草原上了。正是夏天依依惜别，而秋天强势闯入的季节，草原夹杂在两个季节之间，就像是刚刚出嫁的女子，徘徊在少女与女子之间，有着对少女的不舍，也有着对女子的向往。抑或是一枚刚刚经历了一次霜冻的果实，虽然表皮上留下了些微的冻疮，但内里的果肉正从酸涩走向甜美。看得出来，草原刚刚经历了一场野花的扫荡——在高原短暂的夏天，野花们那种争着抢着开花结果的样子，就像是一场战争。此时，正在变得枯黄的草色中"尸横遍野"，到处都是野花枯萎的枝叶，但是，偶尔，一枝不甘凋谢的马先蒿，抑或是一簇低矮的红花紫菀，忽然映入眼帘，它们紫红或者浅粉的花瓣，点缀在苍茫的草色中，亮丽又耀眼。衬托着这一切的，则是湛蓝的天空，空中闲散的白云，还有被蓝天白云勾勒美化了的远山的倩影。

草原之后，接着映入眼帘的，便是湖水。对天空来说，湖水就是它用来梳妆打扮的镜子。这面诚实的镜子，总是把蓝天分毫不差地倒映在湖面上，在它最宽阔的地方，让天空和大地粘连成一片，让人无法分清楚哪里是天，哪里是地。此刻，我们的车队就行进在这天地不分的地方，我们前方的公路，成为天地之间唯一的分界线，而我们的周围，则是无边的广大，是通透的碧蓝。

就这样，我们被失去了界限的天地裹拥着，一路向前，在路过松赞干布迎接文成公主的"迎亲滩"时，我们的车队停了下来，从这里，措哇尕则山上的牛头碑已经举目在望。据说，当初动议在这里修建这座牛头碑，就是为了纪念历史上那场举世瞩目的"汉藏联姻"。

公元 641 年，亦即贞观十五年，大唐答应了吐蕃使者的求婚，许配宗室女文成公主远嫁吐蕃，江夏王礼部尚书李道宗护送文成公主入藏。当送亲队伍从古长安出发，历经千辛万苦，到达古称柏海的扎陵湖和鄂陵湖岸畔时，吐蕃王松赞干布亲赴这里来迎接，这里也因此被称为"迎亲滩"。自此，汉藏民族之间，便有了更加积极、深刻的民族交流、融合与发展。

从"迎亲滩"来到牛头纪念碑前，从湖光映照处攀援到山色秀美处，天地之间，便是一只造型简洁、通体乌黑的牛头，一双牛角直插云霄，粗犷有力。据资料记载，牛头碑用纯铜铸造，总重 5.1 吨，创作造型的灵感来自高原野牦牛。

这座牛头碑矗立在这里，除了这里的湖光山色，以及对唐蕃联姻历史的纪念，或许还有着更为深刻的意义吧。据有关资料记载，黄河从她的源头约古宗列出发，流经广大的玛域草原后汇入了孔雀翎一样闪耀的星宿海，继而注入扎陵湖，流入鄂陵湖。在这里她度过了自己天真烂漫的孩提时代，自此开始了成长为一条"母亲河"的征程。

我站在牛头碑前，注目着这岿然不动的刚毅和坚定，瞻仰了题字，双手捧起一条哈达，供奉在了牛头碑的前方。同行的队员们也依次向牛头碑献上了哈达，开始在那里合影留念。在这个空闲的时间里，我拿着相机，来到了牛头碑背面，顺着一条人畜踏出的小道来到山腰间。就在这里，我看到了一簇簇的多刺绿绒蒿。时值8月，它们已经凋谢了，那柔滑如丝绸、碧蓝似琉璃的花瓣已经从它们的花冠上飞离而去，留下了一个个花果，那花果约有成人的食指指头大小，浑身裹满尖刺——我知道，这是母亲赐予孩儿最后的呵护，让它以这样的一身铠甲度过即将来临的冗长冬日，在来年万物复苏的春日里，扎入土地深处，开花结果。看着它们已经度过了美好的花期，个个都成了"刺儿头"的样子，我心里有些不甘心，便开始在山腰间寻找。我的目光在这倾斜的草坡上开始地毯式搜索，希望一片纯净的碧蓝忽然映入眼帘。我不断地行走着，眼前看到的一簇簇多刺绿绒蒿，都已经满是披着刺芒的花果。就在我开始有些失望的时候，在一处隆起的塄坎遮蔽下的低洼处，闪现出了一抹碧蓝，我急忙打开相机，连走带爬，冲了过去。是的，一朵多刺绿绒蒿盛开在那里，我忽然想，它一定知道我要来，所以它在这儿等着我，在这个满目苍凉的秋季，它历经风雪，终于等到了我的到来。我跪下来，继而匍匐下去，把我的相机镜头对准了它。我从取景框里看到它轻轻地摇曳着，似乎是因为等到了我而终于松了一口气，似乎是在向我招手。我看到，与它属于同一簇的更多的花冠已经失去了花瓣。也就是因为它们的牺牲，比它们略微低一些的花冠留住了花瓣，留住了它们的碧蓝。我调整焦距，按下了快门。那一刻，我的眼睛是湿润的。

黄河源牛头碑之行，因为这一簇多刺绿绒蒿的出现，而变得无限完美。

次日，我们又前往玛多县黄河乡，那里有一个民间环保组织在等着我们，等我们到来后一起共同开展一次环保活动——随着旅游业的发展，每年前来阿尼玛卿山旅游、朝觐的游客和信徒越来越多，继而也就出现了垃圾问题，在阿尼玛卿山下，随手扔弃的饮料瓶、塑料袋随处可见。为了清洁阿尼玛卿山麓环境，地处阿尼玛卿山下的黄河乡阴珂河村的妇女们便自发成立了一个捡垃圾的团队，每天无偿捡垃圾，已经坚持了几年了。我们此行去，就是要和她们一起去捡一次垃圾——说是捡垃圾，其实是要我们看到这里环保的严峻性，切身体会到三江源生态保护的重要性。

去黄河乡，便要路过阿尼玛卿山。这是我们团队所有队员最为期望的一件事。因为去黄河乡行程尚远，路经阿尼玛卿山时，组织方只给我们安排了20分钟的时间。

我们的车队行进在路上，天空一片阴霾，间或还下起一阵雨来。此刻，国内大多地方是最酷热的时候，我们却穿上了鸭绒衣或是加厚的抓绒衣。而就在我们的车队接近阿尼玛卿山时，密布的乌云开始飘散，天空渐次放晴。车队带队的首车领队便通过对讲机说："正是因为我们团队成员怀着一颗守护三江之源生态的虔诚之心，老天爷也眷顾我们了。"于是，大家欢呼起来。

果洛是大山的王国，连绵起伏的山峰托举着这片大地，而阿尼玛卿山是大山中的大山，它鹤立鸡群，站立在那里成了这片大地的骄傲和荣耀。

我曾多次到过果洛，却从来没有到达阿尼玛卿山脚下，每次都是远远眺望。因此，在我心里，阿尼玛卿山就像是一处不能亲近的所在，永远那样孤傲地矗立在远处，"可望而不可即"。

在藏族民间传说里，阿尼玛卿山是雪域四大神山之一，有着至尊至崇的地位和名目繁多的头衔。我经常在各种资料里寻觅阿尼玛卿山的芳踪。在一份藏文资料里，这样描写了阿尼玛卿山：它是开天辟地的九大造化神之一，是雪域藏乡的寄魂山、佛教和苯教的护法、英雄格萨尔王的寄魂神、无尽宝藏的守护者、一切异教邪说的教敌。与极乐世界、莲花光佛土、杨柳宫——这里是传说中金刚手菩萨与多闻天子的居所，与布达拉、度母所居璁叶庄严刹土等圣地毫无二致……

而此次行走，我却一直走到了阿尼玛卿山脚下。当放晴的天空中，阿尼玛卿山展露出它白雪皑皑的容颜，我心里却有一种恍惚的不真实感。车停了下来，我端着相机下了车，眼望着在艳阳之下裹拥着耀眼的雪色光环的阿尼玛卿山，那种不真实感依然隐约在心里波动。

这便是阿尼玛卿山吗？走近了它，却发现它似乎并不那么孤傲，甚至也没有想象中的巍峨，反而像是我的故乡那些林立起伏着的大山中的某一座雪山，山巅是常年不化的冰雪，一条条沟壑倾斜着，从雪线以下的山腰一直延伸到了山麓，沟壑向阳的一面，冰雪融化了，条状的裸岩形成不同的褶皱，似是随意勾勒在白雪之间的线描。这是大自然随心所欲的一幅画作，就像我们儿时的涂鸦，总是那样几笔，总是重复画着同样的场景，总是有着太多的相似性。

看着阿尼玛卿山，我忽然想，或许，愈是高大的山峰，愈加显得安详平静，它并不会招摇和显露它的与众不同，当你走近它，它就把它最庸常的一面展现出来，把伟大掩藏在平凡之中，让你有一种亲切感。这也许便是当我近距离看到阿尼玛卿山时，却忘却了神奇、雄伟这些隆重的形容词的原因。

还是在车队没有停下来之前，我就从车窗里看到了在阿尼玛卿山麓，盛开着许多的绿绒蒿。不同于牛头碑下，这里的绿绒蒿不再是多刺绿绒蒿，而是全缘叶绿绒蒿，颜色也不是蓝色，而是明亮的金黄色。然而，此刻的全缘叶绿绒蒿，也像多刺绿绒蒿一样，只剩下一枚枚花果，金黄的花瓣已经随季节远去。

站在阿尼玛卿山前，我的目光从它通体雪白的峰头下移到它的山脚，便看到那些失去了花瓣的全缘叶绿绒蒿一丛丛地站立在那里。我走近其中的一簇，打开相机，拍下了那一棵棵"刺儿头"的花果，心里却同样有些不甘——就像在牛头碑下一样——在这里一定也有等着我的一朵全缘叶绿绒花吧。

然而，短短20分钟很快就过去，我们到了该出发的时候，首车的领队者已经开始招呼大家上车了。

上了车，车队依照之前的排序出发，心里的不甘变成了遗憾。再见了，阿尼玛卿山，再见了，全缘叶绿绒蒿，是我自己来晚了，无缘见到你金黄的花朵——在藏族远古的传说里，在阿尼玛卿山深处，泥土中蕴藏着太多的黄金，"就像一座金库"。或许，你见证了这个传说的真实性，当你的根须吸吮着满是黄金的泥土里的营养，生长出茎叶，在高原春暖的季节，开出一朵朵花儿，你的花瓣，便是仿拟了你的种子在泥土中看到的颜色，或许，这便是你托举着一朵朵金黄色花冠的缘由，你就像一面面小小的旗帜，标明了这座山下丰富的矿藏。

正在这时，我们的车队发生了一点意外。紧跟在我们身后的一辆车，也是整个车队的最后一辆车出了故障，不能启动，首车的领队通过对讲机，安排排在倒数第二位的我们乘坐的车去帮助后面的车。两车会合，开车的师傅们便开始修车，对开车和修车一窍不通的我帮不上任何忙，于是，我便离开汽车，离开公路，向着阿尼玛卿山麓走去，因为在我心里仍然留着方才的不甘和遗憾。

我在山麓下的石砾中小心地走着，山上的融雪在石砾间形成了小小的溪流。石砾明显地分成了两种，一种石砾显得圆润，长满了毛茸茸的苔藓。这是在遥远的过去就被雪水从山上冲刷下来，如今"落户"在这里的，它们已经成为这里常驻的"居民"。它们是稳固的，已经把这里当成了家，甚至忘记了当年被冲刷下来时的紧张与恐慌。另一种石砾，尚还保留着碎裂后的棱角，它们遗留在那些圆润的石砾的缝隙间，没有根基，踩上去就会晃动起来。显然，它们是刚刚被雪水冲刷下来的，显得仓皇不安，拥挤在一起。我即刻发现了这一点，便专挑那些古老的石砾踩上去，走得很稳当。

是一只红尾鸲把我引领到了一株全缘叶绿绒蒿的面前，虽然它是无意的——就在我抱着不大的希望寻找一朵依然保留着花瓣的全缘叶绿绒蒿时，却看到了一只红尾鸲，我急忙打开相机，小心地跟随着它，在它落下来时，我便慢慢地靠近它，但它一直没有走进我"打鸟"的射程。就在这时候，一抹耀眼的金黄忽然在我的眼角闪耀了一下，它就在那只红尾鸲落下又起飞的前方。原本坐在地上的我即刻起身，径直往那一抹金黄走去。那只红尾鸲，一直与我做着游戏——它落下来，当我正在靠近它时，它又起飞，就这样一直诱惑着我，却又不让我靠近它。或许，它就这样沉浸在这样的游戏里，心里满是戏弄的快感。但它没想到，我会径直走过去，不再理会它——就在我走近那朵全缘叶绿绒蒿，回头去看它时，我看到了它小小的眼睛里的意外和不解。

是的，就像是在耸立着牛头碑的措哇尕则山上一样，一朵全缘叶绿绒蒿正在这里等着我，是一块长着苔藓的石砾和无意堆砌在它一侧尚有棱角的几块新的石砾保护了它，使它金黄的花冠得以保留。它就那么孤单地绽放着，曾经与它一起开过花的伙伴们，都成了一棵棵带刺的花果。我坐在它面前，继而匍匐下来，不在意那些石砾缝隙里的雪水打湿我的衣裤。我特意把这朵全缘叶绿绒蒿身后的阿尼玛卿山框入画面，让它和雪山相互映衬着，就像是一幅广告画。在我按下快门的那一刻，我的眼眶同样湿润了。

从黄河源牛头碑到阿尼玛卿山下，从水源到山宗，在高原8月野花们纷纷退场的季节，我却看到了依然绽放着的绿绒蒿。我深信，它们是为了等待迟到了的我，与它们生境中的一条塄坎、一块石砾达成了同谋，挺立着挨过了几场风雪，让我有缘一睹它们的芳容。牛头碑下的多刺绿绒蒿，盛开在扎陵湖和鄂陵湖裹拥着的措哇尕则山上，它的花瓣便是这湖水的碧蓝。那么，阿尼玛卿山麓的全缘叶绿绒蒿呢？我已经说过，那是为了证实一个古老传说，它们长成小小旗帜的样子，标明这片大地上丰富的黄金矿藏，所以它的花瓣，便是大山深处黄金的金黄。忽然就想起美国著名生物学家史蒂芬·布克曼曾经说过的一句话：花儿是大自然的广告。如此说来，多刺绿绒蒿和全缘叶绿绒蒿是黄河源和阿尼玛卿山的广告，是山宗与水源的代言。

到了黄河乡，我们和当地的民间环保组织一起去捡垃圾，眼望着隐约在不远处的阿尼玛卿山，思念着昨天前去拜谒过的黄河源牛头碑，我心里想，让这里的生境永远保留它们曾经的清净吧，让污染远离这里，不能辱没了绿绒蒿们用它们的碧蓝和金黄为这里的山水的真诚代言。

# 绿绒蒿的前世今生

　　第一次见到绿绒蒿是什么时候？我已经记不太清楚了。只记得是在十几年前，我还是一名媒体记者的时候。那一年，到了冬虫夏草的采挖季节，我去果洛草原采访，在海拔 4000 多米的阿尼玛卿山下，第一次见到了绿绒蒿。我是从车窗里看到绿绒蒿的，当一抹金黄就像一颗流星，忽然划过车窗，我的目光急忙追随着流星划出的弧线向后看去。当我的头随着目光转了四十五度角，我的上身也随之倾斜过去时，我看到那一抹金黄的弧线幻化成了一朵小小的花朵，与我们的汽车相向而去，迅速消失了。而就在它消失了的荒野左右，出现了更多金黄的花朵，它们就像是紧紧跟随在我第一次看到的那朵金黄花朵的后面，同样迅速地向后划去，就像是奔赴着同一个目标——也许是去奔赴春天的盛宴吧。当车窗外再次出现金黄花朵，我急忙喊司机师傅停下了车。就在我们的车就要停下时，在路的左边，一朵迎面而来的金黄花朵也减慢了速度，缓缓停了下来。我拉开车门，径直奔向了那朵花儿。

此刻，这朵花儿就在我的面前，她低垂着她金黄色的头颅，显得安静而又羞涩，面对我满眼的惊奇，她却若无其事，一副见怪不怪的样子。我蹲下身来，开始仔细地打量起这朵花儿：正是高原五月初，草原还一片荒芜，"草色遥看近却无"的样子。这朵金黄色的花儿就站在这片荒芜之中，被细小柔嫩的茎叶托举着，茎叶上满是纤细的茸毛，整个花儿显得孤傲又谦卑。刚刚下过一场阵雨，一粒晶莹的雨珠挂在花瓣上，这让她看上去像是刚刚哭过一样，显出几分楚楚动人的柔弱来。我从她的身上举目看去，便看到草原上四处散落着这样的花儿，那灼灼的金黄色，就像一盏盏酥油灯，点亮了整个荒野，耀眼而夺目。让这刚刚走出漫漫寒冬，满眼枯黄、色彩单一的高寒草原，有了几分金灿灿的生气。

那时候，我并不知道这金黄色的花儿叫全缘叶绿绒蒿，但与她初次相见，她带给我的惊奇却永远留在了我的心底。她就那样轻而易举地打破了我心中一个固执的认知——我的家乡在青海湖畔的铁卜加草原，那里的海拔 3500 米左右，比果洛草原低了四五百米，但同样已经过了"树线"：除了在河岸、低洼以及背风的山麓偶尔有一些灌木丛之外，四野看不到一棵树，大片的牧草逶迤着伸向远方，在目光所及的远处，便是连绵的山脉，山脉间最高的山峰高昂着孤傲的头颅，终年不化的积雪是它洁白的银冠。那时候我固执地认为，海拔越高的地方，生物的物种就会越稀少，这几乎是一种自然规律，所以，果洛草原上的花草树木，一定会在我的认知范围之内，果洛草原上有的，我的家乡一定也有，而我的家乡有的，果洛草原上就不一定有。可是，我错了，这朵金黄色的花儿就盛开在这里，我在我的家乡从来没有见过她。也就是说，这种花儿完全颠覆了我的认知，不动声色地就让我把藏着掖着的无知自个儿袒露了出来……她居然生长在了比之我的家乡海拔更高、气候更严酷的地方！她们为什么要盛开在这么高的地方呢？似乎就是从那时候起，这样一个海明威似的质问就盘踞在了我的脑际。

时过境迁，这个问题至今依然盘踞在我的脑际。虽然此后我曾查阅过一些资料，也向相关专家请教过，但这个问题依然扑朔迷离。有资料说，因为喜马拉雅山的隆起，冰川的出现和气候的骤冷，让她们不得不学会在高海拔地区生长。但这样的解释并没有解除我心中的疑惑，因为造山运动牵动着整个地球，她们在不断衍化、选择生境的过程中，为什么偏偏遗漏了我的家乡？依我的想象，她们因为太过美丽，鲜亮的颜色总是吸引人类和动物不断采摘、啃食她们，使得她们不得不放弃条件更好的生境，退居到一个人烟更加稀少的所在，使她们能够在相对安宁的地方开花结果，繁衍后代。就像原本遍及西藏、青海、内蒙古等地的藏羚羊难以忍受人类和一些猛兽的杀戮，毅然决然地退居到高寒缺氧、植物稀少的可可西里荒野一样。

　　那次果洛之行，让我见识了采挖冬虫夏草的艰辛——那些远道而来的农民和当地的牧民，匍匐在海拔近5000米的高地上，肌肤紧贴在尚未解冻的泥土上，在呼啸的寒风和不期而至的冷雪中，手持一把小镬头，目不转睛地盯视着前方，希望从刚刚萌芽的青嫩牧草中辨识出一只冬虫夏草来。而在此时，一只冬虫夏草从众多牧草中闪现出自己的身影，让这些在苦寒中等待希望的人们眼前忽然一亮。这也几乎顺应着绿绒蒿们的用心——她们攀援到更高的高处，把她们的美丽，留给了空寂的天空与大地，谢绝了人们的欣赏和赞美。而愿意追逐她们的人们，则要历经路途艰辛、高寒缺氧，以及刺骨的风雪，才能够碰触到她们的美丽。

那次果洛之行的另一个收获，是知道了那种金黄色花儿的名字——全缘叶绿绒蒿，以及她的藏语名字——欧贝勒。已经不记得她的汉语名字是谁告诉我的，只记得他还告诉了我全缘叶绿绒蒿的一个秘密：她们之所以选择在草原一片荒芜的季节开放，让花瓣闪耀着酥油灯一样醒目的金黄色，就是想着让那些经过一场冬眠，与她们一起苏醒过来的昆虫们——那些熊蜂、蝇虫和蓟马能够在第一时间发现她们，给它们提供花粉，让它们辘辘饥肠得到温饱的同时，也帮助她们传粉。为了达到这个目的，她们也是煞费苦心，她们让太阳为她们帮忙，用强烈的紫外线照射她们，让她们个个有一张色彩鲜艳的容颜。

绿绒蒿的藏语名字，则是一位正在采挖虫草的牧民告诉我的。当时他刚刚采挖到一只虫草，满面欢喜，一边轻轻搓揉着粘在虫草上的泥土，一边指着不远处的一朵全缘叶绿绒蒿，用带有四川色达口音的藏语对我说："这是欧贝勒，是欧贝勒赛布，等到了夏天的时候，还有欧贝勒玛布、欧贝勒昂布盛开起来，太好看了！"我知道，置于欧贝勒后面的赛布、玛布、昂布是藏语黄色、红色、蓝色的意思。也就是他的这句话，促成了我在次年的6月中旬，再次来到了果洛草原。这一次，我专门带上了相机，也带上了我通过查找资料获得的知识，记事本里还夹着刚刚发行不久的一套特种邮票《绿绒蒿》。正如那位采挖虫草的牧民所说，我见到了开着红色花儿的红花绿绒蒿、略微泛紫的久治绿绒蒿。那是一种单纯的红，没有一丝杂质，恰如牧人身上佩戴着的珊瑚玛瑙，有一种坚定和果断的美，但她却又薄如蝉翼，阳光照射在花瓣上，瞬间变得通透，难以想象这样单薄的花瓣是如何抵御高原上的风雪的。也见到了开着蓝色花儿的多刺绿绒蒿、总状绿绒蒿。那是高原紫外线把蓝天融化之后，注入了她的花瓣，我也打开我想象力的阀门，想象她们是喜马拉雅古海洋遗落在草原上的宝蓝色浪花。而此时，金黄的全缘叶绿绒蒿正在退场，花瓣已经消散，花萼的地方结成了果实。显然，作为一朵花，她已经完成了她的使命。她们的颜色，也变成了她们刚刚开放时，围拢着她们的牧草枯黄的颜色，有一种功成名就之后，完全放弃了对盛名的执着的随意和轻松。我拿着相机不断对准一束束花儿，把那一抹抹红和一抹抹蓝都留在了我的相机里，也把干枯了的全缘叶绿绒蒿定格在了相纸上。

这一次，我还把"欧贝勒"这个名字记在了我的记事本上，也记下了她们各自不同的颜色。回到省城西宁，我开始按图索骥，查找资料，猛然发现，"欧贝勒"这个词来自梵语，也就是在汉译佛经典籍中时常提及的"优钵罗"（亦写作沤钵罗等），也就是说，"优钵罗"是"欧贝勒"的汉语谐音写法！然而，在梵语里，"优钵罗"指的是睡莲，是一种水生草本植物，一般适于生长在热带或亚热带地区，在青藏高原高寒地带难见其踪。在汉译佛教典籍中，"优钵罗"也被译作青莲华、红莲华等——佛书认为"花华不二"，所以一般称花为华——那么，她在牧民的口中，怎么变成绿绒蒿了呢？绿绒蒿是罂粟科绿绒蒿属植物，与水生植物睡莲相去甚远。此前，绿绒蒿缘何选择了海拔更高的地方生长这个问题还没有明朗，这样一个问题又接踵而来。

一次，也是在果洛，与藏族母语诗人居·格桑闲聊，我便向他请教这个问题。他的一席话让我豁然开朗。他提及了佛教从印度传入青藏高原的那个久远年代。

伴随着佛教供花仪轨的传入，以睡莲作为主体的供花仪轨演变成了绿绒蒿，原本出现在佛经里的睡莲的名字"优钵罗"，也从经卷里走出来，走进了牧民们的口语里，高原野生花卉绿绒蒿自此更名换姓。如此，对青藏高原来说，睡莲，便成了绿绒蒿的前世，或者说，初传佛教的青藏高原借此完成了一次"借花献佛"。

那么，作为一种高原民族耳熟能详的常见高原花卉，如今被藏民族广泛叫作"欧贝勒"的绿绒蒿此前叫什么名字呢？出于好奇，我曾向被人们称为"鸟喇嘛"的扎西桑俄堪布请教。扎西桑俄先生稔熟高原生物，曾经参与编写《三江源生物多样性手册》汉文、藏文对照本。没想到，我的疑惑，也曾经是他的疑惑。几年前，他就曾通过实地和网络在西藏、青海、四川等有藏族聚居的地区进行探询和调查，得到了答案，他把他的调研结果发给了我。绿绒蒿"欧贝勒"果然曾有过她们美丽的名字：全缘叶绿绒蒿叫嘎玉金秀，红花绿绒蒿叫阿达喜达，蓝花绿绒蒿叫喜达昂波……

然而，高寒的青藏高原不可能在一年四季里持续满足供花的需求，尽管以替代的方式解决了高原不生长睡莲的问题，但在漫长的冬季里，包括绿绒蒿在内的众花衰败，这一仪轨依然难以为继。

如何让供花的仪轨保留下来，让那些信奉佛教的信徒们在佛前表达虔诚之心呢？

多年以后，我去塔尔寺采访。春节刚过，元宵节就要来临，塔尔寺的两个花院——上花院和下花院正在马不停蹄地加紧制作酥油花，以便在正月十五月圆之夜，向游客和信徒展示他们的酥油花工艺，得到他们的观赏和瞻仰。我被特许进入了制作现场。

酥油花，最早起源于西藏苯教，一种叫"多玛"的祭祀品系用青稞糌粑捏制而成，其上粘贴着工艺简单的酥油贴花。因为只是用于祭祀，这种叫"多玛"的制品也只在很小的范围和场域存在，甚至在制作与使用时，有一些有意掩映的成分，所以并不为人所知。然而，它又是如何成为塔尔寺等各大寺院一种专门由艺僧制造、广为展陈的佛教艺术品的呢？

我曾想象，那应该是一个曾经制作过"多玛"的艺僧，改信佛教后，他对佛教虔诚有加，经常奉行着供灯、供水的仪轨，但也对高原隆冬季节不能在佛前供花耿耿于怀。一日，应该是清晨，这位艺僧起床诵经，接着便开始用早餐，那天他吃的是用酥油和炒青稞粉拌制的糌粑，当他从糌粑木箱里拿出一块酥油，就要放入碗中时，早年制作"多玛"的技艺在他的指尖复活，他随手就捏制出了一朵酥油的花朵。看着在指尖上忽然盛开出一朵金黄的花朵，这位艺僧忽然想到了什么。"梅朵乔巴！"艺僧忽然叫了一声，放下了还没有吃完的早餐，便出了僧舍，径直朝着大经堂走去，出门前，带上了他仅有的一坨酥油。

"梅朵乔巴"便是供花的意思，这位艺僧到了经堂，便用酥油捏制了几朵花儿，供奉在了佛前。如此，酥油花应运而生。藏民族至今把酥油花叫作"梅朵乔巴"。

酥油是从牦牛奶中提炼出来的，是高原上营养价值极高的一种食材。牦牛的产奶量本来就没有多少，从牦牛奶中提炼出的酥油也就显得极为珍贵。然而，用酥油制作酥油花，再把它供奉在佛前的习俗一经开始，便得到了青藏高原广大寺院和民众的纷纷效仿、响应，很快，每一座寺院都有了供奉酥油花的仪轨。这是因为，酥油花的出现，解决了深冬季节不能用自然生长的花卉供奉的遗憾。尽管这种食材是那么金贵，但比起他们内心对佛法的虔诚，这又算得了什么呢？如此，酥油花便成了欧贝勒——优钵罗的像生花。

然而，酥油花的制作，也不是那么简单的事。

那天，在塔尔寺，我在一位小僧的陪同下，走进下花院的酥油花制作作坊，第一眼就看到了靠墙立着的酥油花，酥油花占据了整个墙面，色彩艳丽，耀眼夺目，整个作坊，就像是一个花团锦簇的夏日花房。几位艺僧还在做着局部修改。作坊里的温度极为寒冷。这是因为艺僧们怕酥油花融化，有意没有在作坊里生火，在他们身旁，还放着两只盆子，一只盆子装着冰凉的冷水，一只装着掺和着豌豆面粉的热水。在给酥油花上色时，艺僧手上的温度会引起酥油花表层的酥油微微融化，他们便把手放入冷水中降温，而当手上沾染上太多的糅合了矿物质颜料的酥油时，又将手放入热水中清洗。隆冬的高原寒气袭人，艺人们便是在这样的环境下，满怀虔诚、心无旁骛地工作着。

如今的酥油花，也不单单只有花儿——酥油有着极强的可塑性，于是那些艺僧便用酥油捏制成了更多的工艺形象，其中，有人物，有山水自然，有亭台楼阁，整个儿构成了一段故事，就像连环画一样，讲述着佛经中那些耳熟能详的故事。而在各种内容的间隙里，依然布满了各种花卉。每一朵花儿都富丽、繁盛，就像是自然界的花儿恰好盛开到了极致，把自己最美的瞬间展示了出来。

那一天，我看着那些花儿，问我身边的小僧：这些花儿都是什么花儿？小僧不假思索地回答道：欧贝勒！

听着小僧的回答，我感到我的脑际忽然嗡嗡作响。欧贝勒——优钵罗，这是绿绒蒿从印度睡莲那里盗取的名字，但她又不能像睡莲那样四季开花，时时供奉在佛前案上。于是，酥油花替她完成了广大佛教信徒的心愿。或许，我看到了绿绒蒿的今生，或许，这又是另外一种意义上的借花献佛。

藏民族生活在世界上海拔最高的地方，长期与高寒缺氧共存，形成了独成体系的生存智慧。他们深知高原生物在这样的环境中生存的不易，并且也敏锐地察觉到大自然诸种物种之间相互共生又相互制衡的道理，形成了自己朴素的生态理念。小时候，父母从来不让我们采摘野花，说那是大自然的头发。"如果我薅了你的头发，你不疼吗？"有一次我摘了一捧野花带到家里，被我母亲看见后，她便说了这句话，这句话我至今记着。记得在我的家乡，每每到了盛夏季节，野花盛开，那些牧民和僧侣面对着漫山遍野的鲜花，便开始虔诚地诵经祈请，口中低呼"供奉三宝"，但不去摘采花儿，用意念把这些花儿供奉给自己信奉的神灵。这，也是一种借花献佛啊！

绿绒蒿到底有多美，这一点，从那些西方人第一次见到绿绒蒿后的惊讶和赞叹可以看出。一百多年前，许多的西方人——探险家、传教士以及植物学家等拥入喜马拉雅山地区，发现并采集了各种颜色的绿绒蒿，这其中有后来成为世界上享有盛誉的植物学家的洛克、金登·沃德、威尔逊等，他们赞誉绿绒蒿是"喜马拉雅蓝罂粟""我的红色情侣"。苏格兰植物学家乔治·泰勒甚至说：没有一种植物能够像它这样享有最高、最奢华的名号。凡是能一睹其自然风采的人，都会歌颂它一番，所有初次邂逅这种花的人都会为它疯狂。自此，西方人大量采集绿绒蒿的种子带回西方，并在西方园林驯化培育出了绿绒蒿，绿绒蒿很快成了西方园林里的最宠。

如今我国许多地方也开始驯化和培育绿绒蒿，希望这种美丽的花儿也能成为我们城市园林的绿化和观赏植物，不要让她总是开在深山无人问津。率先传来好消息的是西藏和云南，但这并不奇怪，西藏和云南原本就是高原，让一种高山野花在高原园林得以开放，可能相对容易一些。而当我听到北京植物园成功地栽培出绿绒蒿的消息，内心还是掀起了欣喜的微澜——我一直有一个想法，比如我所居住的城市西宁，是青藏高原最大的城市，有朝一日能够以高山花卉作为城市绿化植物，以此吸引四方来客，而不是像现在一样，大多是引进一些毫无地域特色的外来花卉来美化这座高原城市。如此，也可以算是这座城市的一种生态标签吧。绿绒蒿在北京初次绽放，这是她首次在平原露地栽培成功，相对于北京，西宁应该更能够让绿绒蒿盛开起来。或许，这才是绿绒蒿的今生，抑或，是她的未来。

# 那一抹海天之蓝

## 1

　　青海湖到底有多蓝？在藏语中有一句形容青海湖的赞词，时常挂在环青海湖地区草原上牧民的口上：融化的蓝天滴落在大地。我曾写过一首歌，写青海湖的，叫《大地上的蓝天》，便是因为这句赞词的启迪有感而发写下的。

　　　　大地上的蓝天，

　　　　有着蓝天一样的容颜，

　　　　那是浩渺的青海湖，

　　　　荡漾在人间，

如梦如幻……

后来，我国著名音乐家吕远先生为这首歌谱了曲。

说起我和这位音乐泰斗的合作，还有一些不为人知的旧事渊源。

早在 20 世纪 50 年代，一位名叫朱丁的上海大学生响应号召，来到了青海，在当时的《青海日报》做了一名记者。有一次，朱丁前往青海湖畔的牧区采访，来到了金银滩草原，在这里，他第一次听到了藏族情歌"拉伊"，经当地通晓汉藏语言的干部为他翻译，他搜集到了一些"拉伊"的唱词，并在一篇新闻报道里引用了其中的一些内容。这篇报道发表后，远在青岛的著名音乐家冰河先生读到了，他被其中的"拉伊"唱词打动了，认为这些唱词干净朴素，散发着毛茸茸的民间生活的色彩，于是，便给唱词谱了曲，一首歌就这样传唱开来，这首歌就是《金瓶似的小山》。

最早演唱这首歌的，当属我国著名抒情男高音歌唱家朱崇懋先生。

朱崇懋，我国蜚声中外的著名歌唱家。他以学习西欧传统唱法为基础，并向我国民族民间传统声乐艺术学习，形成自己的风格。他的演唱含蓄内敛、细腻深情，音色甜美，吐字清晰，特别是在高声区的弱音控制和延长分外动人，他演唱的《草原之夜》等抒情歌曲风靡几代人。20世纪80年代初，朱崇懋先生去了美国，但他依然执著于音乐事业，在美国纽约组织华人合唱团演唱中国歌曲，在美国华人界影响广泛，各类媒体竞相报道。2000年10月11日，朱崇懋先生病逝于纽约。

朱崇懋先生和吕远先生交往甚密，吕远先生曾应朱崇懋先生的约请，答应为朱崇懋先生量身创作一首歌曲，不想时代纷纭变幻，两位音乐界的泰斗都遇到不同的遭际，这首歌却一直没有完成。时隔50多年，恰逢朱崇懋先生90诞辰在即，吕远先生欣然决定完成这半个多世纪前的约定。于是他不顾80岁高龄，专门来到了青海，来到《金瓶似的小山》所描述的青海湖。

他特地去了金银滩草原，在坐落于西海镇的王洛宾音乐纪念馆中流连忘返，在这里他邀请我为青海湖写一首歌，我虽然深感压力很大，但还是写出了一首歌，吕远先生也很快完成了谱曲工作。

这首歌录制完成后，并没有传唱开来，偶尔，我却会轻轻哼唱起这首歌。每次唱起，我的眼前便会浮现出天空一样碧蓝的青海湖，以及被青海湖的碧蓝同样渲染成了蓝色的，我的童年。

美国自然文学作家约翰·巴勒斯在他的文字里细致入微地描述过哈德逊河畔的蓝鸲，他写道："当大自然创造蓝鸲时，他希望安抚大地与蓝天，于是便赋予他的背以蓝天之色彩，他的胸以大地之色调。"他继而写道："蓝鸲是和平的先驱，在他身上体现出上苍与大地的握手言欢与忠诚的友谊。"我国著名翻译家、自然文学研究专家程虹女士对约翰·巴勒斯笔下的这几句话，给予了高度评价，她说："寥寥数语，气势磅礴，充满着哲理与希望。"

约翰·巴勒斯在他的文字里还描述了一只被一个调皮的男孩用弹弓打死的蓝鸲，说它"躺在地上，如同洒落于地的一抹蓝天"。当我看到这句话，即刻惊叹不止。中美虽然远隔东西，做着不同事情的人们，居然有着如此相似的思维，如此肆意飞扬的想象力。而这样的思维和想象力，却又流露着一种长不大的童年的天真。

我猜想，约翰·巴勒斯一定有着一双干净透明的眼睛。这样的干净透明，同样能从朱丁先生第一次听到"拉伊"时，那样好奇又专注的聆听中可以看到；能从冰河先生读到报刊新闻里的唱词，即刻激发灵感，投入创作的冲动中可以看到；能从朱崇懋先生满怀激情、不染杂质的深情演唱中可以倾听到；也可以从吕远先生 50 多年始终不渝，为友情赴约的真诚中感受到。

　　这样的干净透明，有着蓝天大海一样的通透亮丽，我想。

## 2

　　几年前，我去了可可西里，在它东缘的一片沙砾中，看到了一枝多刺绿绒蒿，它孤傲地站立在那里，在荒芜的四野中，显得亮丽鲜艳，湛蓝无比。好似是因吸吮了蓝天的颜色而变得与天同色，抑或是对上古时期高山隆起之前，对这里的蔚蓝古海洋的思念和记忆。

　　在这枝多刺绿绒蒿的周围，间或也能看到一些野花，它们有一个共同的特点：低低地匍匐在地上，这是因为它们要随时面对从高地吹来的劲风。自然法则让它们学会了生存的真理，那就是，低下头，低到尘埃之中，让风不能得逞。唯独这里的多刺绿绒蒿，总是挺拔地站立着，让自己的身躯高于周边的花草。

我走近这枝多刺绿绒蒿，在它的身边坐下来，仔细地看着它。它的茎脉坚硬，裹拥着一身细小的尖刺，让人不能随意碰触。据说它的根系深扎在土地里，皆在20厘米以上，它便是以这样的生存方式，向这个世界表达着它的坚韧，使它有一种凛然之气。

这样的凛然之气，让我想起了我第一次走进可可西里，站在索南达杰自然保护站前时的情景。那是一个冬日的午后，天气晴朗，阳光呈现出温暖的橙色。我们静静地站在保护站的红房子面前，向着这座兀自出现在这里的人类建筑行注目礼。是的，在当时，在这广袤的荒野，它的出现显得有些突兀，但它是人类开始注目可可西里野生动物生存状况的第一只眼睛，抑或，它是一座凝固的纪念碑。阳光照在红房子上，一种感动在我的心中流溢，我看到阳光的红与红房子的红相遇，一种暖暖的红色渲染在这里的天地之间。

我知道，这是太阳的赤橙黄绿与人类的无私善念相遇的结果。

就像我们来时一样，我们又静静地离开了这里。但那天的情景成了我脑海中一个永不褪色的记忆。我便想，或许，那座红房子也是一枝多刺绿绒蒿吧，但它的蓝，是红色的，它以一种坚毅的姿态站在这里，成为治多县西部工委和杨欣志愿者团队在可可西里这片天地之间，以保护自然生态、保护藏羚羊为使命，书写的一个惊叹号！

从这枝多刺绿绒蒿所在的地方极目远望，便是广袤辽阔的可可西里，它似乎就像是站在这里，远望着可可西里，向往着那里，它知道，那是一片像蓝天大海一样宽广的土地。

### 3

在海拔 4000 米以上的三江源区，多刺绿绒蒿在众多的野花中算得上是"高大"的花卉了，尽管如此，它的植株也就只有十几厘米的样子。在可可西里边缘、唐古拉山顶，在黄河源头的牛头碑下，我都目睹过它的芳容，并端着相机，匍匐在地上，把它定格在我的相机里。但当我第一次看到它被画在纸上，依然被它的"高大"所震撼。

那是在央视的一期《朗读者》节目，被誉为"中国植物画第一人"的曾孝濂老先生被请到了现场，他带来了他亲自手绘的一幅植物画，画面中正是一株多刺绿绒蒿。当镜头推向画面，以特写镜头定格了几秒钟，我立刻被画面中的那一株高大的花卉震撼到了。尽管，作为故乡青海常见的一种野生花卉，我已经对它熟视无睹，但从来没有意识到，当把它从它广袤的生境中独立出来，遮掩了它周围的荒芜与杂乱，它竟然如此亭亭玉立。对，是亭亭玉立，这个成语便是为它而专有的。我忽然意识到，画面中的多刺绿绒蒿，才是它本真的样子，正是因为曾孝濂先生用他植物画家独到的眼睛，看到了它的本真，它才被这样本真地留在了纸上。

记得在那次节目上，主持人董卿还问了一个天真的问题：绿绒蒿为什么是蓝色的，而不是绿色的呢？我也曾就这个问题请教有关专家，都知道这种植物早期被叫作蓝罂粟，缘何叫作绿绒蒿却未得到令人信服的答案。

在高原，在三江源区，绿绒蒿也不单单是蓝色，全缘叶绿绒蒿的金黄、红花绿绒蒿的鲜红，都那样艳丽地点缀着这片高地。居住在这里的藏民族，热爱生活，喜欢用鲜艳的颜色装点自己，他们身上的饰品，也因此鲜艳无比：金黄的蜜蜡，鲜红的珊瑚。有人说，绿绒蒿的色彩，恰好对应了这些饰品的色彩，比如全缘叶绿绒蒿与蜜蜡，红花绿绒蒿与珊瑚。那么，多刺绿绒蒿呢？在藏民族身上的饰品中，似乎鲜见蓝色。

我便想，如果必须有一种对应，那么，多刺绿绒蒿的碧蓝，对应的是高原民族的那双眼睛吧。如果你走上高原，在行走的路上看到一个牧民，不论他是男人还是女人，老人或者小孩，你会发现，他的眼睛是那样澄澈、明亮，让你不由得想起明丽的天空和大海。

而多刺绿绒蒿吸吮着蓝天的颜色，把这片高地隆起之前的古海洋留存在自己的花瓣上，从它的蓝里，依然能看到天空的高远、海洋的深邃，当它定格在一幅画里，它的蓝，依然是高远的、深邃的，有着生机盎然的动感。

# 4

草原进入初秋，我看到夏天的无奈与挣扎。远远看去，翻滚的草浪依然涌动着青绿，那是不甘随季节远遁的夏天以叶绿素的方式躲避在草叶里。但走近一看，就会发现，秋天正从每一株绿草的边缘和草尖上侵入，势不可挡地渗透着，亮明了它作为即将到来的这个季节的所有权。尽管，在向阳背风的草坡，在水分充足的沼泽地——这些夏天的同谋依然在暗地里挽留着夏天，以阳光、水的名义，拖延着夏天离开的时间，但一切大势已去，秋天正汹涌而至。

也就是在这个季节，草原上原本姹紫嫣红的野花们都渐次收起了它们的色彩与芬芳，但有一种花，却悄然在由绿变黄的草色中绽放了。它就是龙胆花，它有一个极其诗意的名字：蓝玉簪龙胆。如果亭亭玉立是多刺绿绒蒿专属的成语，那么，蓝玉簪龙胆则从这"玉"中窃取了一枚温润的玉簪——它天生就该闪亮在一位女子的发髻间，这位女子，是一位熟女，她有着历经生育与繁衍的坦然与雍容。她是秋天的女子。

在整个夏季，草原上的野花带着对生命的渴求，在短暂季节的温暖里，完成开花结果的枯荣，伴随第一缕秋风，它们便化成一撮花肥，开始等待下一个季节的轮回时，龙胆花这才开始悄然地开放。

忽然就想起蓝玉簪龙胆在藏语中的名字——邦锦梅朵，意思是装点着原野的花朵——逐水草而居，随季节游牧的高原牧人，将要度过冗长的冬日之前，看到了自然对他们最温存的安慰——那一抹海天之蓝。

## 5

安静、随和、不事张扬，人们往往会把这样的词儿与羸弱、被动联系在一起。

比如微孔草，总是生长在高寒草甸、林地、灌丛和次生植被中，混杂在诸多一年生或两年生的野生植物群落中，一旦有新物种入侵，它即刻退却，不愿与之为伍。它微小、低调，不引人注目，但它耐寒、耐旱，是高原山地次生植被中的生态适宜花种。

成书于公元 8 世纪中叶的《宇妥本草》是前宇妥·云丹衮波所著，是藏医学本草经典之作，对生长于青藏高原地区的诸种药用植物的生地、形态、性味、功效等有详细论述和记载，其中也专门提及微孔草，并以七言诗的形式留下了一例药方：

> 生于草甸微孔草，
> 叶片粗韧贴地面，
> 长短五指或六指，
> 蓝色花朵成密集，
> 根际生有细绒毛，
> 治疗疮伤之良药。

看到这个药方，我心里不由得微微有些波动。这微弱的花儿，却如此坚韧，还有着一副慈悲怜悯的利他心肠，看到别人的伤痛，便毫无顾虑地牺牲自己，赴汤蹈火，宁愿把自己研磨成一抹药粉，熬制成一口药汤，去为他人疗伤。这胸襟，也是像蓝天大海一样雄阔，却容纳在那么小的花冠里。

微孔草的小花直径只有四五毫米，米粒大小，躲藏在繁盛的枝叶之间，不露声色。说它不事张扬，它却为自己的花瓣选择了鲜亮的蓝色，决然与高原常见的野生花卉艳丽的金黄和粉红错开了颜色，显示出了个性，与多刺绿绒蒿、蓝玉簪龙胆站在了同样的审美标杆上。

每次看到微孔草，我就会想起一首诗，这首诗，是清代诗人袁枚的《苔》：

白日不到处，
青春恰自来。
苔花如米小，
也学牡丹开。

但微孔草只是随和和低调，却没有苔花的卑微。它不会开在没有白日的阴暗潮湿的角落，喜欢强光照射才是它的不二选择。

或许，微孔草曾经是天上的星星，天地翻覆的造山运动中，也曾被浸泡在古海洋的蔚蓝里，因此，它有着星星的样子、古海洋的颜色。

6

有个司机，为一家旅游公司开车，他的工作就是把游客从西宁拉到青海湖景区，等游客游玩了青海湖，再把他们拉回西宁。在青海的夏天，在旅游高峰期，他几乎每天都要去青海湖，有时候，一天还不止一趟。一年下来，少说也要跑近百次。他告诉我，天天跑青海湖，他烦透了。他说："到了青海湖，我从来就不下车，等客人下了车，我就在车上睡觉，一直睡到他们回来，拉着他们直接回西宁！"听了他的话，我有些疑惑，也有些意外。我出生在青海湖畔，看着青海湖长大，每天在它的身边放牧牛羊，看到它，比那个司机看到的多得多。那时候，它几乎是我眼睛里唯一的风景。这风景，与季节，与天气，与白天黑夜，与上午下午，与一朵云、一株花，与一阵呼啸而过的风达成了某种默契，它因此瞬息万变，它的每一朵浪花，每一滴从浪花间飞溅而起的水滴，都是特立独行的，我对它充满了好奇，从来也没有过哪怕是一丝的厌烦。我说这话，并没有"月是故乡明"的故土情结。我只是想说，美一定不是一成不变的，只要用心，就会发现它每时每刻都有着不一样的新奇。美国著名作家梭罗面对着山顶上的一朵云，感叹说："这是我所看到的最伟大的事物，它是历史上从未有过的，也是别的国家所看不到的！"他的话，道出了美的真谛。

　　青海湖，是亿万年前古海洋退却后最后的遗留，它以自己的性命与这个世界沧海桑田的巨变相抗争，把一抹古海洋的蔚蓝留在了这个世界，它抗争时浪花四溅，撒落在这片高地上，每每夏季来临，它们就开成了花，多刺绿绒蒿、蓝玉簪龙胆、微孔草，就是这浪花的变种，在它们身上，依然能看到青海湖的样子，更有着蓝天大海的样子。

# 一只鸟儿的名字

## 1

　　孙频来青海，瞎聊，聊及我的童年，她很好奇，于是，我把我记忆里有关我童年的好多事儿讲给她听。人说，童年一如早晨，我就先给她说起了我童年时的早晨。

　　那时我七八岁的样子。

　　每天早晨，我都是在哗啦啦的水声中醒来的，而那哗啦啦的水声总是从梦中延续而来：正是湟鱼洄游季节，村边流往青海湖的小溪流里满是鱼群，它们密密麻麻地拥挤在一起，逆流而上，似乎比溪流里的水还要多。它们奋力摆动着灵动的身体，水面便沸腾起来，水花四溅，整个溪流就像是一条滚烫的沸水在流动——春日的暖阳点燃了它的激情，令它青春勃发。而我和我的小伙伴们比青春勃发的溪流更欢实。我们赤身裸体，扑腾在溪流中，与鱼群一起嬉戏着，鱼群不断撞在我们的腿上、肚皮上，我们的皮肤上不断涌起一阵阵麻酥酥的感觉，我们便快乐地尖叫起来。但哗啦啦的水声毫不费力地掩盖了我们的尖叫声，这让我们有些意犹未尽，于是我们提高声音，试图用尖叫声压住水声，哪怕在某一瞬间高过水声，让世界听到我们的快乐。

就在这时候，我从梦中醒了过来。睁开眼睛的瞬间，河水不见了，鱼群消失了，我恍惚地看看周围，发现赤身裸体的我并不在溪流里，而是在被窝里，身上的被子被蹬到了一边，蜷缩在脚下。

卧室外，已经穿戴整齐的阿妈正在洗手。

其实，那哗啦啦的水声，是阿妈洗手发出的声音。

阿妈是家里最早起床的人，起床后先洗手——阿妈拿起家里的大铜勺，从水缸里舀上半勺水，把铜勺把儿牢牢夹在腋窝里，勺头微微上翘，她一弓腰，铜勺里的水便徐徐流了下来，阿妈用双手接住，不断地搓揉起来，哗啦啦的水声便响起来了。

　　阿妈洗手是为了挤牛奶，这也是她每天早晨要做的事儿，也是她忙碌的一天的开始。

　　这是一个叫铁卜加的小牧村，家家户户都养着牦牛。白天在草原上放牧牦牛，天黑时分，把它们赶回家里，拴在离自家黄泥小屋不远的拴牛绳上。这种拴牛绳，藏语叫"当"：一条用牦牛毛搓成的牛毛绳，抑或一条用牦牛皮切割做成的牛皮绳，足足有十几米长，它被两根粗大的木橛子或铁橛子从两头固定在草地上。在这"当"上，按照比例，每隔一二米又系着一根根一米左右的拴绳，拴绳的顶端做成了一个环，环眼直径三四厘米左右。与这个环眼相配套的，则是每头牦牛的脖子上像项链一样系了一条绳子，绳子下端又系着一个用木头或牛角做成的绊扣，藏语叫"恰如"，"恰如"始终向地面下垂着耷拉在牛脖子下。拴牦牛时，把它赶到属于它位置的拴绳处——每一头母牛都有它固定的拴绳——把"恰如"扣在拴绳上的环眼内，它就跑不掉了。需要解开它时，把它脖子下的"恰如"从属于它的那根拴绳顶端的环眼中退出即可——后来我知道，唐古拉山，藏语叫当拉，就是拴牛绳山的意思。偶尔查阅相关资料，惊奇地发现，唐古拉山绵延千里，主山脉高大粗重，纵横的沟壑以一定的规则分布在主山脉左右，像极了一根被我们叫作"当"的拴牛绳。我还发现，长江的南源叫当曲，此处的"当"与当拉山的"当"是同一藏语的汉语记音，即是牦牛绳河的意思。当曲河，纵横的溪流在一条主河道上形成了辫状河网，也像极了一条我们叫"当"的拴牛绳。

阿妈挤牛奶，我需要做一些辅助工作。所以，每天早上听到哗啦啦的水声，我就会醒过来，与鱼群嬉戏的美梦也瞬即结束，留下一缕没有捕捉到鱼儿的遗憾和不甘隐约在心头。我的辅助工作就是把拴在"当"上的小牛犊解开，让它吃几口母牦牛的奶，接着再把它拴起来。

小牛犊们的"当"在离它们的母亲稍远一点儿的地方。

挤牛奶的时候，阿妈走到一头母牛前，我急忙把属于这头母牛的小牛犊解开，小牛犊便迫不及待地冲向它的阿妈，俯身在它的阿妈的肚皮下，开始吃奶，我站在一边，看着小牛犊，当它欢快地摇动起尾巴——

这说明母牛的乳头开始下奶了，我便一把把它拽开，拖着它走到属于它的拴绳的地方，再把它拴起来。小牛犊意犹未尽地而又无奈地看着它的阿妈。我的阿妈便蹲在它的阿妈的一侧，开始挤牛奶——贪婪的人类，便是这样掠夺着原本属于小牛犊的乳汁。

挤完牛奶，阿妈把牛奶集中在一只木桶里，收拾妥当，便把母牛解开，把它们赶到前方的草原上。它们的小牛犊这会儿还被拴着，母牛和小牛犊互相呼唤着，依依不舍地告别着。我和阿妈回身进了房屋。

阿妈用刚刚挤来的新鲜牦牛奶烧了奶茶。早饭几乎是一成不变的：在碗中抓一把糌粑，放些许酥油，一小撮颗粒状的干奶酪——我们把它叫"曲拉"，再在碗里注满滚烫的奶茶。食用时，一边将融化后漂浮在奶茶表面的酥油吹到一边，一边喝奶茶，直到碗中剩下适合把碗底的糌粑搅拌成团的奶茶时，伸出右手中指，把奶茶与糌粑搅拌起来，揉成一团，在空出来的碗中再添满奶茶，就着奶茶，吃完糌粑。这种吃法，在我的家乡牧区叫"甲塞"，意思是以茶相迎，预示着新的一天的开始，极有仪式感。而在农业区，则叫"豆玛"，不知何意。

等母牦牛走远，已经从视野中消失了的时候，我一天的工作便开始了——放牧小牛犊，这是在挤奶季节我每天一成不变的工作。就像刚才阿妈把每一头母牛从"当"上解开一样，我也把一头头小牛犊从"当"上解开，把它们赶到与它们的阿妈相反的地方去吃草。我的工作的重点，便是谨防小牛犊与它们的阿妈见面——如果它们见了面，小牛犊就会冲上去吃奶，等晚上把母牦牛赶回来，阿妈也就无牛奶可挤，如果这样的事情真的发生，我也免不了挨阿妈的一顿暴揍。

太阳睁着惺忪的眼睛坐在东方的山头上，刚刚起床的样子。与太阳一起起床的，还有那些麻雀，它们叽叽喳喳地叫着，飞到母牛和小牛犊们的"当"那里，这会儿，"当"的地方空空荡荡，留下了牛们的一堆堆牛粪。麻雀们便在牛粪里搜寻着，开始了它们的集体会餐。它们一边觅食，一边警觉地注意着我。而我对它们却是视而不见的，不断从它们觅食的地方走过，它们便在我走近时起飞，待我走远了又落下来。这其实是人与鸟之间的一种默契，它们知道人并没伤害它们的恶意，不断地起飞与落下，似乎只是以一种示弱的方式，表达着对人的尊重。

麻雀是一种很黏人的鸟儿，但它同时对人类充满了高度的警惕，它们从来不接受人类的饲养，却始终活动在人类活动的区域，不论是城市还是乡村，总能看到麻雀在飞来飞去。在人烟稀少的草原，只要有村舍，或者搭起了几顶帐篷，那些不知道从哪里飞来的麻雀们也立刻出现在这里。一旦离开这些地方，走入旷野，麻雀便越来越少，取而代之的是百灵、云雀、鹋、鹳鸹等，而更多的是雪雀。

我并不是个话痨，但孙频专注倾听的样子却让我有了倾诉的欲望。由童年，我又说到了故乡的鸟儿。在我童年的记忆里，充满了鸟儿飞翔的翅影，远方、向往、想象，甚至孤独、忧伤，这每一个词，都与童年有关，也与鸟儿有关。于是，我说到了麻雀，也说到了雪雀。雪雀是我童年最熟悉的鸟儿。

## 2

雪雀，在环青海湖草原上有一个奇怪的名字，生活在当地的汉族人称之为"邪乎儿"。"邪乎儿"在青海汉语方言中，同时也指蜥蜴、壁虎等。一种鸟儿，何以与它们同名呢？后来我才发现，"邪乎儿"其实是蒙古语中"小鸟"之意。蒙古语谓小鸟音近"邪乎"，而后面的"儿"则是北方汉语中的儿化音所致。

后来我发现，雪雀的名字很多很多，首先，我在已故著名藏学家南喀诺布所著《北方游牧志》（藏文）里找到了它的另一个名字。

《北方游牧志》中详细记述了一种叫"阿达嘎玉"的小鸟，我把这一段描述翻译成了汉文。书中这样写道：令人惊奇的是，在被鼠兔所占据的地方，就会有一种叫"阿达嘎玉"的小鸟。这是一种全身灰色，长着黑色嘴喙和深灰色爪子的小鸟，身长比卡纳日（疑指麻雀）小鸟略大一些。这种小鸟数以千计，它们分散地与鼠兔生活在一起，像鼠兔一样居于洞穴之中，鸟蛋也产在洞穴深处。平日里，这些小鸟从洞穴爬出时，便趴在鼠兔的背上让其代步，当鼠兔返回洞穴时，它们因为洞口的阻挡便从鼠兔背上滑落下来，看上去十分可笑。当地牧人说，这种叫"阿达嘎玉"的小鸟，会带着鼠兔翻山越河。虽然有这样的说法，但我从未目睹。牧人们之所以这么说，是因为原本没有鼠兔的地方忽然会出现数以百万计的"鼠兔大军"，随之也会出现数以百万计的鼠兔洞穴，使得一片新的草场很快变成一片不长草的黑土滩，牧人们因为牲畜没有牧草吃而不得不迁徙到别的地方。这些鼠兔从一个地方转移到另一个地方，依靠它们自己的身体和能力是做不到的，牧人们便认为，它们能够翻山越河到达另一个地方，是得到了阿达嘎玉小鸟的帮助。也多次听到一些牧人说，他们亲眼见过阿达嘎玉抓着鼠兔飞过山岗。总之，牧人把"鼠兔大军"看成是一个地方最大的灾难，只要有"鼠兔大军"到达一个地方，这个地方的牧人便将各地的喇嘛（禅师）邀请而来，举行各种驱散、击退"鼠兔大军"的禳解仪式。我们看到的事实是，原野上有些牧场和草山尚没有一只鼠兔，而有的地方已遍地都是鼠兔；有的地方刚刚被鼠兔控制，而有的地方的鼠兔已逾百万，变得满目疮痍；多年前已经变成黑土滩的地方，鼠兔越来越少，又开始恢复生机，长出了新的牧草。到了冬天，鼠兔不再走出洞穴，它们在夏秋季节就储备好了草料，特别是营养丰富的蕨麻和野胡萝卜，它们便享用着这些，在洞穴深处度过冬天。深秋季节，牧人们也会挖开鼠兔洞穴，寻取鼠兔储备起来的蕨麻和野胡萝卜。我的牧人朋友家的一个牧童说，一些大的鼠兔"储备库"，可以挖到足有一驮子的蕨麻或野胡萝卜。

在青海湖畔采风，向家乡的一位老人聊及此事，老人说，此鸟名中的"阿达"二字，是"鼠兔之马"之意，正是因为它驮着鼠兔飞行而得名。听后恍然又惊讶，心里赞叹民间真有高人。南喀诺布作为享誉世界的藏学大家，只用民间语言的发音拼写出了这一鸟名，却没有明了其意，因此出现了一个同音的别字。

在我的家乡环湖草原，雪雀的种类很多，常见的有藏雪雀、白腰雪雀、棕颈雪雀、棕背雪雀、褐翅雪雀等，但它们之间的区别很细微，几乎很少有人能够分辨它们。但草原上的牧民却能够区分它们，并给了它们不同的命名。比如白腰雪雀，藏语为"阿达"或"扎达"，意思是鼠兔之马；棕颈雪雀，藏语叫"扎喜"，意思是鼠兔之鸟——藏语里的这些名字，一下子让人联想到《尚书》《山海经》等古籍中记载的"鸟鼠同穴"。这一记载，显示出古人对西部大荒漠中雪雀与鼠兔同居一穴的现象感到甚为新奇，便写入了史册。其实，当地牧民早就发现了这种鸟儿与鼠兔之间的关系，并如南喀诺布先生所描述的一样，在草原上流传着关于雪雀与鼠兔的诸种说法与传说。

古籍中的记载与藏族民间的传说高度重合，这样的巧合让我心生好奇，于是我在民间乡野间行走，在故纸资料里查询，寻找雪雀的踪迹，其结果却让我大吃一惊——在古籍与民间对这种鸟儿有着诸多的命名，而每一个名字后面，都掩藏着一段历史。

先从一些史料说起，说说"鸟鼠同穴"这个词。

根据有关资料，"鸟鼠同穴"这个词最早见于《尚书》，该书中有"导渭自鸟鼠同穴，东会于沣，又东会于泾"的记载。在这里，"鸟鼠同穴"是一个地理名词，指的是一座山。那么，这座山在哪里呢？因为提到了渭河，又说明了这座山所在的位置是它的源头，由此人们推断它就在甘肃渭源一带，但此说一直有争议，至今，此山的确切位置一直是个谜。

在此前的古籍中提及这座叫"鸟鼠同穴"的山，但都没有说明为什么要把一座山叫作"鸟鼠同穴"。据专家考证，对这一叫法做出解释的，当属《洛阳伽蓝记》一书，在该书卷五中有"其山有鸟鼠同穴，异种共类，鸟雄鼠雌，共为阴阳，即所谓鸟鼠同穴"的记载，这种说法，虽然玄乎，但它指明了这座山之所以叫作"鸟鼠同穴"，是因为在此地发现了"鸟鼠共居一穴"的现象而得名。

再后来的一些文献里，还出现了"鸟鼠同穴"到底是一座山还是两座山的争议。有些记载认为，"鸟鼠同穴"是"鸟鼠"和其附近的"同穴"两座山的名字，却有史料即刻纠正此说，如《禹贡锥指》，便认为"鸟鼠同穴四字为一山之名"。

上述记载中，虽然已经有了"异种共类，鸟雄鼠雌，共为阴阳"这样充满想象力的说法，但都没有提及所谓"鸟鼠同穴"指的是哪一种鸟，哪一种鼠。

据史料，在《元和郡县图志·陇右道上》中，有"鸟鼠山，今名青雀山"的记载，可以说，这一记载首次提及"鸟鼠同穴"中的鸟，叫作"青雀"，那么，"青雀"又是什么样的一种鸟呢？

在明顾起元《说略》中出现了这样一条记载：今鸟鼠同穴山在渭源县二十里，俗呼为青雀山，实有鸟与鼠同处于穴，又甘肃永昌卫山中亦有此异鸟，则灰白色，夷名本周儿——就在人们追溯青雀是什么样的鸟儿的时候，这条记载大致描述了它的样子，却给它换了个名字。接着，这种被称作"夷名"的名字，又出现在其他史料中，却又是不同的叫法。在清方观承《从军杂记》中说：鸟鼠同穴，科布多河以东遍地有之。方午鼠蹲穴口，鸟立鼠背，鼠名鄂克托奈，译曰野鼠，色黄。雀名达兰克勒，译曰长胫雀。

除了这些“夷名”，在史料中也出现了端庄正式的汉语名字，例如在《尔雅·释鸟》中，有“鸟鼠同穴，其鸟为鵌，其鼠为鼵”，这两个笔画繁杂的汉字，似是专门为“鸟鼠同穴”之“鸟鼠”而创造的。

如今的科考和田野调查，愈来愈证明，《尚书》《山海经》中记载的“鸟鼠同穴”，并非猎奇的怪谈，在青藏高原，这是一种常见的普遍现象，只是其中的“鼠”，是一种兔目动物，在青藏高原上有藏鼠兔、喜马拉雅鼠兔等。但在民间却好似认定这种兔目动物为“鼠”。鼠兔对草原造成了极大破坏，因此在青藏高原的草原上也一直进行着“灭鼠运动”——其实就是针对鼠兔的——即便是官方，也把它称为“鼠”。

如此，从“邪乎儿”到藏学大师南喀诺布提及的“阿达嘎玉”，再到古籍中记载的青雀、本周儿、达兰克勒，还有藏语中的“扎达”“扎喜”以及那个繁杂的汉字“鵌”，这种在青藏草原上极为普通的鸟儿，因为自己的一个不同于其他鸟类的"异常"行为，在人类中，却有了如此众多的说法与叫法。

## 3

翌日，陪孙频前往青海贵南县沙沟乡石乃亥村去采风，准备出发的头天晚上，收到了次日将与我们一同前往的央金发来的信息，是贵南县未来几天天气预报的截图，一连串滴着雨滴的云朵，云朵下方标出的气温只有几摄氏度。刚过立夏，微信朋友圈里不时看到南方的朋友们炎热难耐的各种感叹、无奈和沮丧，同时也看到身处青海大地的人们对夏天的渴盼。一个西宁女孩儿发了一条文字消息：西宁的夏天什么时候来啊！后缀是几个流着眼泪的表情图像。的确，今年青海的夏季极为异常，在不该热的 4 月忽然热了几天，温度从摄氏几度一下蹿到 30 多摄氏度，之后便又回落到了十几摄氏度的样子，并且阴雨连绵，一副南方梅雨季的样子，真正的"夏至未至"。看到央金发来的信息，便想到了微信朋友圈里的那个女孩儿，正是爱美的年纪，一直盼着穿上漂亮的裙子，可是，夏天却没有来，抑或说，已经来临的夏天却依然是高原初春的模样，似乎忘记了自己应该有的温度。就像一个发育期的少女，俨然不知自己的身体已经悄然发生了许多变化，留着羊角辫，依然是满脸的天真。

第二天，果然是阴雨天，我们乘坐的汽车在大雨中行进，挡风玻璃上的雨刷器快速地挥动着，而车内也起了一层雾气，粘连在车窗玻璃上。被大家叫作韦小宝的司机不得不打开车窗，让雾气消散，同时也不得不让外面湿冷的空气窜入车内，甚至也有一些大胆的雨滴也伺机钻进来，在他的衣领和肩膀上留下一小片湿痕。

我们的汽车带着一种逃离的心情驶出了西宁，沿着宁贵公路一路向西，便进入了拉脊山的腹部。

拉脊山是横亘在青海贵德县境内的一座大山，其主峰制高点海拔近 5000 米。据说，山头曾经有一座拉泽（藏地祭祀山神之所在），拉脊之名，据说是拉泽的另一汉语记音，拉脊山由此得名，如今，拉脊山主峰上又重新修了一座拉泽，高大雄奇，叫"宗喀拉泽"。

拉脊山隧道是近几年修建贯通的，双线全长 11 公里，是青海最长的公路隧道。我们的汽车进入隧道，像是一只蠕虫隐没在大山的身体里，穿肠而过，随即便从大山的另一头钻了出来。

过了拉脊山，眼前豁然洞开。阴雨不见了，明亮的天光预示着天气将放晴，我们一车人一下子心情大好。

果然，当我们的车行驶到贵德县城时，云开雾散，似乎是历经了一场突围的太阳显得有些疲累，拖着几缕云丝，出现在一小片蓝天上，云团感受到了太阳的执着与威猛，放弃了方才对太阳的合围，悄然四散。

出了贵德县，汽车开始爬坡，路畔的庄禾渐渐消失，取而代之的是一片草原。农牧过渡地带，刚刚脱离了农业风景的草原依然遗留着某些田野的样貌：平缓的斜坡，被风从田野上吹来的一些油菜籽儿落在了草丛间，长出了枝叶，开出了花儿。那花儿之前已经习惯了人类的饲养，忽然遗落在无人管护的野草中，显露出了几分惊恐和不适，在生机盎然的野草丛中小心又低调地摇曳着羸弱的金黄，不再是油菜花地里那种大片的妖冶和霸气。但很快，野花出现了，大片的狼毒花在无边的绿意中渲染出一片白色，淡粉或紫红的马先蒿则使草原有了色彩和层次，还有星星点点的蒲公英，就像是一个个黄金的星星，耀眼地闪耀着，让那原本就为数不多的油菜花显得更加没有底气，似乎不敢声张自己也是金黄色的。

孙频是第一次来青海，见到不时出现在车窗外的大片迥异于城市乡村的风景有些新奇，我们也有意让她欣赏到这些，在路过一片开满了狼毒花，还有一大群牦牛悠闲食草的草原时，我们停了下来。

太阳似乎懂得我们的心情，放射出一道道光芒，驱赶走了在它身边试图遮住它的几朵乱云，把一片阳光斜斜地洒在我们脚下的草原上，似是一个好客的牧民，把家里熬煮好的酥油茶端到了客人面前，滚烫而又热情。

在野花与牦牛的草原上，牧牛的汉子斜依在一片向阳背风的草坡上，从这里放眼望去，方圆几十里再看不到第二个人影，这使牧牛汉子污脏的圆顶遮阳帽下的那张黝黑的脸有了几分王者的威严。孙频走过去，与牧牛的汉子聊了起来。她是一个对待写作极为虔诚的作家，她深信只有生活才能够滋养写作。这次来青海，她是想跳出她惯有的写作范畴，尝试开拓新的写作领域。她几乎不放过任何一次了解这片土地的机会，从来到青海的当天起，便开始行走、访谈。她深知她将如何出发，又如何抵达。

就在离孙频与牧牛汉子不远的地方，我拿起手中的相机，把镜头对准了一簇狼毒花，而就在此刻，从我的镜头的景深里，我看到一只鸟儿飞过的模糊身影，同时也听到了熟悉的鸟叫声，那是白腰雪雀的声音，于是，我拿起相机，循着声音走去。

我很快发现了那只鸟儿，那只鸟儿也很快发现了我。只见它急促地鸣叫着，飞向远处，但很快它又飞到了离我不远的地方，扑棱着翅膀，做出各种惊恐状。它的行为也惊动了另一只鸟儿，这只鸟儿不知从哪里飞来，落在先前那只鸟儿的身边。它们似乎互相交换了一下眼神，后来的鸟儿便也紧张起来，它们鸣叫着，急切地点头、翘尾，动作默契。显然，它们是一对鸟夫妻，前者是丈夫，后者是妻子。或许是因为妻子的到来，丈夫想在妻子面前显摆一下，做出了一个意外的举动：它忽然向我靠近，不是飞，而是迈着碎步跑，瞬间就进入了我的镜头"打鸟"的射程，我即刻按下了相机快门，与其同时，我也意识到，这一对鸟儿的异常行为，是因为它们的幼鸟就在近处。于是，我停下来，稍稍后退了几步，开始观察它们。很快，它们飞向一个草原鼠兔的洞穴处，一只小鸟即刻从洞中爬了出来。小鸟显然以为是父母为它衔来了吃食，张开嘴喙迎向父母，才发现它们的嘴喙里空空如也。我急忙蹲伏在地上，小心迈动着步子，几乎以匍匐的方式慢慢靠近，并把相机架了起来。但警觉的鸟夫妻很快发现了我，我还没有来得及按下快门，它们便飞走了，留下那只小鸟愣怔着，依然待在原地，仿似方才它的爸爸闯入我镜头的样子，我急忙把它拍了下来。而就在此时，奇迹出现了。一只鼠兔幼崽从方才小鸟爬出的洞中探出了头，原本站在洞口的小鸟从愣怔中回过神来，转头看了一眼小鼠兔。

"得来全不费工夫"，我大喜过望，轻松地按下快门，拍下了这幅雪雀与鼠兔同框的画面。

在《尚书》《山海经》等古籍中频频提及"鸟鼠同穴"，古往今来，许多人认为这只是《山海经》这样的玄幻之书的猎奇之说，也有人以讹传讹，说它们是鸟鼠同体，或说它们是互为雌雄。其实，这只是大自然动物之间的一种共生现象，它们相互合作，达成了如何摄取食物，如何预防天敌的利益关系。我从小就看到雪雀和鼠兔之间的这种关系，可以说对这一现象熟视无睹。但当我向人们谈及此事时，许多人表示难以相信，于是，我也一直想拍下一张照片来证明。虽然雪雀与鼠兔形影不离，但真的拍一张让它们同框的照片却也不是容易的事，而这一次，却就这样轻而易举地拍到了，所以我说"得来全不费工夫"。

除了"鸟鼠同穴"现象，雪雀还有一种奇怪的行为，便是经常打架。

约翰·巴勒斯曾经详细地记述一对知更鸟的雄鸟在草地上相互追逐、打斗，"它们举止尊严，彬彬有礼"，继而它们飞上天空，"嘴喙相对，爪子相对"，但它们并没有大打出手，一阵打斗之后，双方"羽毛完好无损"。

小时候，我就经常见到白腰雪雀一对一地打斗起来，它们的行为一如约翰·巴勒斯所描述的那一对知更鸟，但似乎比知更鸟更激烈一些，在它们打斗时，甚至顾不上有人接近它们。有一年初秋，一家电视台到我的家乡录制一台节目，去了我家乡的一处古城遗址，我作为嘉宾跟随他们一同前往。就在古城遗址中拍摄画面时，我便看到了一对正在打斗的白腰雪雀。那一天我刚好带着相机，便急忙跑过去，把镜头对准了它们。它们对我的镜头毫不在意，专心致志地投入到了打斗之中，看上去是那样执着、坚决，互不相让。它们在地上抱成一团，用各自的嘴喙和爪子攻击对方，继而又飞到离地面一米高的空中，依然不停地打斗着。有时候，我的镜头离它们只有四五米远，它们毫无惧色，全身心地沉浸在打斗之中。但它们显然又是克制的、隐忍的，正如约翰·巴勒斯所描述的那样，尽管它们一刻不停地纠缠在一起，但它们的"羽毛完好无损"，更没有出现流血事件。它们的打斗似乎有些虚张声势——表面上所表现出的那种互不相让，甚至要置对方于死地的气势，却并没有造成任何后果，直到它们忽然停下来，各自飞走。

那么它们为什么打斗，又为什么让这种打斗像是一场精彩的表演，难分真假？约翰·巴勒斯认为，这种打斗，是雄鸟间为了得到雌鸟而进行的比试，在这样的比试中，"雄鸟们似乎进行了它们之间的所有决斗"。但这位自然文学大师的话并没有解除我的疑惑。首先，我难以确定打斗的双方都是雄鸟——雪雀的雌雄，不像其他鸟儿那样有明显区别。再者，即便是在寒冬，在雪地里，仍然能够看到打斗不止的雪雀。按照常理，雄鸟之间的打斗，最有可能发生在求偶期。在寒冷的冬天，离求偶期尚远，它们又为何打斗呢？我曾就这个问题请教有关专家，这位专家也没有给出具有说服力的答案。

那一天，拍到了雪雀与鼠兔同框的画面，我兴奋不已。上了车，我特地打开相机的显示屏，给孙频看我拍到的画面，并不厌其烦地给她讲起了"鸟鼠同穴"的故事，同车的伙伴们都听得入迷，开车的师傅韦小宝，还让我把照片发给他，说他要发一个朋友圈。

是夜，我们到了我们要去的目的地，青海贵南县沙沟乡石乃亥村，孙频要在这里进行采访采风，写一篇自己之前从未涉及的高原藏族题材的小说，这样的写作尝试，是她向自己提出的挑战。她让我肃然起敬。我们在主人的带领下走进生了火炉，洋溢着温暖的屋子里，围坐在火炉旁，准备吃饭时，孙频告诉我，她已经通过网络，查阅资料，基本了解了"鸟鼠同穴"的来龙去脉。

# 雪莲花的另一侧

## 1

很多年前，那时我还年轻，与几个友人一起去拉萨。一辆越野车，5个人。清早就从西宁出发，沿着青藏公路一路向西，经过一整天的疾驰，就要抵达唐古拉山口时，天色向晚，太阳悬在我们前方，有些不情愿地悄然西沉。我们汽车的影子长长地落在路面上，始终追随在左后侧，就像是长跑比赛中紧追不舍、寸步不让的一个对手。太阳也把堆积在我们背后远山顶上的一抹绵延的长云渲染得一片红彤彤。那片浓郁的红色从云彩的正中渐次向外围扩展，核心是深红，再是浅红，边缘变成了刺眼的金红，像一片在藏家的火灶里燃烧通透的牛粪，抑或是藏族传说里骑着公山羊的火神不小心遗落在半空中的一片火影。夕阳的红光一览无余地直射在我们的车上，也毫无遮拦地照进了车里，让我们五个人个个有了一副油光可鉴的红脸膛。大家彼此说笑着，不经意中，车就到了唐古拉山口。我们即刻停下车来。大家都很兴奋——已经进入西藏地界了，拉萨已经不远了，这山口如果再高一点，或许抬头就能望见布达拉宫的金顶了。

我们下了车，太阳依然赖在遥远的西山顶上，它和与它对峙着的那片彤云相互映照，处心积虑地合谋把山口的一切涂上了它们共有的颜色。让屹立在路畔的筑路军人——那尊身穿厚重的军大衣，头戴双耳棉军帽的军人雕像，显得高大、沉稳，有一种所向披靡的坚毅。和所有到了这里的人们一样，我们在写着海拔高程"5231 米"的石碑前留影，抬头望向那座军人雕像，默默地行注目礼，便准备上车继续向西。

就在这时候，一个藏族少女忽然出现在我面前，双手拿着一束花，伸向我，用纯净的藏语说："刚拉梅朵（雪莲花）！"这是一位卖花女，她正在兜售从这山野里采摘来的野花。此时，太阳就要沉入西山，光亮虽然微弱下来，彤红的色彩却变得更加深浓，太阳对面的彤云也学着太阳的样子，消减了自己的亮度，却增强了自己的红色。它们共同营造出的那抹属于黄昏将临的光彩就闪烁在少女的眼眸里，像是嵌入少女眼睛里的一颗星星，让她显得热情、真诚、专注，并与她的从嘴角渐次晕开的笑意相配合，让她有了一张圣洁如女神般的面容。她把脸朝向了我，眼睛直直地看着我，目光清亮，笑意灿烂。看着眼前的少女，我忽然变得有些拘谨，身体变得僵硬，说不出一句话来。朋友们都上了车，从车窗里看着我和少女，并催促我快点上车，一个朋友还发出了意味深长的笑声。

我急忙转身走向汽车，拉开车门，上了车。

我当时的行径有点像一个夺路而逃的小偷。

后来，每每有人提及雪莲花，抑或是我在脑海里搜索一些有关雪莲花的记忆时，那个藏族少女就会浮现在我眼前，她清亮的目光和灿烂的笑意即刻会占据我的内心。但我怎么也想不起来，当时她看着我时，手中的那一束雪莲花是什么样子的。

是的，她是我有关雪莲花的一次最真切的记忆。

## 2

我的女儿小龙女还没有学会走路时，就能说出完整的句子，不到两岁说话已经很流畅了。偶尔想起小龙女小时候的样子，大多数的记忆几乎都与她说话的样子和说过的一些话有关。

某年夏天，我抱着小龙女穿过西宁麒麟公园。道路两旁是高大的垂柳，低垂的柳枝不断拂过我们的头顶，柳叶触到了我们的面颊。小龙女不断眯起眼睛，躲避着忽然扫到脸上的柳叶，小嘴噘得高高的，大声说："它们太可爱啦，它们太调皮啦！"

一阵清风刮过，垂柳发出哗啦啦的声响，一片柳叶忽然从树冠上飘落下来，在风中旋转着，落在了小龙女的头上。小龙女急忙伸出小手护着自己的眼睛，那片柳叶却依然停在小龙女的头上，像一枚绿色的发卡。我随手把柳叶从她头上取下来，对她说："刚才的风给你送了一枚发卡呢！"

"我要看，我要看！"小龙女立刻伸出小手。

我把柳叶放在她的小手中，她拿着柳叶，伸手极力往自己头上放着，一边放，一边说："风伯伯给我送的发卡！"

柳叶没再能够放到头上去，她却发现那片柳叶上有一个小包，她用小手摸着柳叶，便对我说："爸爸，叶子上有个小包包，硬邦邦的！"说着，便把柳叶递给我。

叶子上有个小包包，这种事情对大人来说，完全是一个根本不会在意的事情，但对一个两岁左右的孩子来说，却充满了神秘和好奇。

我从小龙女手中接过那片柳叶，伸手用指甲在那个小包包上轻轻掐了一下，小包包被掐出一个小洞，一条绿色的小毛毛虫从小洞里赫然显露出来。

"小包包里还有一条小虫虫呢！"我对小龙女说。

"我要看，我要看！"小龙女大声叫着，从我手里接过那片柳叶。她一点儿也没有害怕的样子，看着被我掐开的小包包，说："小包包是小虫虫的小屋子！"

诸如此类的记忆有很多。

有一次，我抱着小龙女在小区院子里转悠。这是一座老家属院，老式的楼房像积木一样列成一排排，楼房之间的空间很少，没有多少可供绿化的空间。后来的小区改造，便在略微宽敞一些的地方修了一座水泥的亭台。围绕着亭台，是一圈用低矮的榆树修成的树墙，树墙间隔出来小片的绿地，绿地上随意种植着一些花草：曾被人们讹为"格桑花"的波斯菊艳丽而凌乱，有种不服被人管护的野性；三色堇低矮地匍匐在地面上，不同色彩的花朵像一张张面露惊恐的小脸，极力向上张扬着；还有一大片浅粉色的八宝景天，挤挤挨挨的，显得有些呆板。我把小龙女从怀里放到地上，领着她去认识这些花卉，她忽然对我说："爸爸，这里没有绿花呢，我是一朵绿花变来的！"

小龙女的话让我非常惊讶，我看着她柔嫩的小脸，立刻想起了远山的雪莲。那时我还没见过雪莲，有关雪莲的认知，来自金庸的小说《书剑恩仇录》，这本书里描写了包治百病，甚至可以起死回生的雪莲，说雪莲"花瓣碧绿，映衬着白雪，娇艳华美，奇丽万状"。

我把小龙女从地上抱起来，问她："你是一朵雪莲吗？"

"嗯！"小龙女肯定地回答道。

很久以后，我才从一本介绍植物花卉的书里了解到，植物的花朵就是从叶子一点点进化而来的，之所以不是叶子的绿色，是为了与叶子区分开来，以一种更加鲜亮的颜色，吸引传粉动物第一时间看到它们。所以，花卉当中鲜见有绿色的花儿。

雪莲花生长在海拔 4000 米以上的高地，是一种菊科风毛菊属植物。金庸所写"花瓣碧绿"者，其实是围拢裹拥着雪莲并不好看的紫褐色花朵的苞片，略显浅淡的青绿色。雪莲花有意避开更多的野生花卉绚烂多彩的颜色，避开了它们趋之若鹜的丰美草地，选择在植物稀疏的沙砾石缝中立足，绝地逢生，不畏风雪，独立，坚持。小时候自称一朵绿花的小龙女已经长大，不知道她还记不记得她小时候说过的这些话。如今她远离父母，独自一人在别处打拼。我时常想，一个人长大了，面对世界，或许也需要一些像雪莲花一样另辟蹊径的生活策略。

## 3

偶然发现，青海几家纯文学报刊，都有一个共同的名字：西宁市文联主办的纯文学杂志，叫《雪莲》；海西州文联主办的纯文学藏语诗歌杂志，叫《刚坚梅朵》，意即雪莲；《青海藏文报》的文学副刊，叫"刚坚班玛"，也是雪莲的意思。这也许是巧合，也许，在青海从事文学写作或编辑工作者的想象里，文学是一种孤傲而又寂寞的意象，就像是雪莲。

"雪"和"莲"组合成的这个词，自带诗意，这也可能是这些报刊的首创者，在给报刊取名时，想到同一个名字、同一种花的一个原因吧。而我每每思及此事，心里却会略略有些遗憾——雪莲，显然是一个后起之名，如果不是约定俗成的原因，从植物学的分类来说，这个名字甚至是错误的。而"刚坚梅朵""刚坚班玛"等，其实是对汉语"雪莲"一词的藏译，虽然与汉语一样自带诗意，很美，但美则美矣，却不是从雪域大地上天然生长出来的名字。

其实，雪莲作为一种生长在高原上的植物，同样生活在高原上的藏民很早就对它有所了解，对它的命名，比"刚坚梅朵""刚坚班玛"，更加显现出了一种熟稔和亲和的意味。青藏高原常见的雪莲有唐古特雪莲、苞叶雪莲、水母雪莲、膜苞雪莲、毡毛雪莲等，藏族民间给这些雪莲的名字是"萨杜"。如苞叶雪莲叫九头"萨杜"，膜苞雪莲叫有孕"萨杜"等。"萨杜"的意思是"邪病之毒"。藏医学作为对藏族民间医学的总结，道出了这一命名的缘由。据藏医典籍记载，雪莲对诸如中风、癫痫、脑出血、口眼歪斜、半身不遂等这些"邪病"有奇特治疗效果，是一种上好的草本药用植物，而它本身也是有毒的，所以呼之为"毒"。在上山采集雪莲花时，必须要做好个人防护，备好手套、口罩等，采集到的雪莲，也要迅速将其包裹在事先备好的牛羊皮中，不能直接触碰，以防中毒。据说，在雪莲生长的地方，每朵雪莲的周围，都会有一些中毒而死的蚊蝇昆虫，足见其毒性之大。

在青藏高原，海拔4000米左右的雪线之上，在雪莲花生长开放的寒冷高地，还有一种植物与雪莲一同生长开放。这种植物叫雪兔子，和雪莲一样，它也是菊科风毛菊属的植物，与雪莲有着近亲关系。更加惊人的是，它有着与雪莲酷似的外形和容貌，很难区分彼此。即便是在一些植物分类学的书籍里，也能看到彼此混淆的现象。但藏族民间，却能轻而易举地分辨两者的不同，单单从命名上便可将这两种植物截然区分开来。藏语称雪兔子为"恰果瑟巴"，意思是鹰鹫的腿子。雪兔子花茎直立，有白色或浅黄色长棉毛，看上去坚实沉稳，酷似秃鹫或高山兀鹫多毛的腿子。

比起雪莲，雪兔子的药用价值似乎并不高，而且也比较常见，且便于采挖。一些不怀好意者便利用两者外形容貌酷似，普通人难以辨认，大量采挖雪兔子，冒充雪莲兜售。无辜的雪兔子因此蒙冤落难，遭遇了极大的生态危机。有报道说，近几年随着人们对雪莲药用价值的认识和夸大宣传，雪莲成为一种紧俏药用植物，市场上便出现了大量假雪莲之名的雪兔子，因此殃及雪兔子的正常生长，雪兔子已几近成为濒危物种了。

偶尔翻阅藏医学典籍《宇妥本草》，发现雪莲中药用价值极高的水母雪莲还有一个名字：拉妥嘎布，意思是白色缠巾。它在藏语中特指古代藏族王室或贵族家庭的一种头饰。在《东噶藏汉大辞典》中，有关"拉妥嘎布"词条的解释说："古时藏族王族头上佩饰的缠巾。今日所见古代壁画中，吐蕃赞普松赞干布所戴缠巾多为白色，然在布达拉宫红宫中的吐蕃王禅修洞中，有一尊松赞干布雕像，却头戴红色缠巾，至今未见解析其缘由之文字资料。历代赞普头饰白色缠巾之俗始于何时，亦值得探究。"看了辞典中的解释，急忙在网上找来古代藏族壁画中的松赞干布形象图片，将其头顶的缠巾与水母雪莲对比，的确极为神似：高高耸起的圆柱状，上小下大呈锥形。看上去沉稳、厚实，有一种岿然不动的神秘感。

可见，比起"雪莲"这个名字，世居青藏高原的藏民族对和自己一样生长在高寒之地的雪莲的命名，有来龙去脉，更接地气，更加透出一种与当地历史、文化、地理等契合的厚重感来。

闲读岑参的《优钵罗花歌并序》，想当然认为诗和序中所述优钵罗花，是指青藏高原高寒地带生长开放的绿绒蒿。之所以这样认为，原因也很简单，绿绒蒿在藏语中就叫优钵罗。有关这首诗的一些解读注释文字，几乎众口一词地将优钵罗花指向了雪莲花，甚至用一种不容置疑的口气说，优钵罗花，就是雪莲花。

于是，心中便疑惑起来。

还是再来读读这首《优钵罗花歌并序》吧，先是序：

> 参尝读佛经，闻有优钵罗花，目所未见。天宝景申岁，参忝大理评事，摄监察御史，领伊西庭支度副使。自公多暇，乃于府庭内栽树种药，为山凿池，婆娑乎其间，足以寄傲。交河小吏有

献此花者，云得之于天山之南，其状异于众草，势龍嵸如冠弁；嶷然上耸，生不傍引，攒花中折，骈叶外包，异香腾风，秀色媚景。因赏而叹曰："尔不生于土，僻在退裔，使牡丹价重，芙蓉誉高，惜哉？"夫天地无私，阴阳无偏，各遂其生，自物厥性，岂以偏地而不生乎？岂以无人而不芳乎？适此花不遭小吏，终委诸山谷，亦何异怀才之士，未会明主，摈于林薮耶？因感而为歌。

再是诗：

白山南，赤山北，
其间有花人不识，
绿茎碧叶好颜色。
叶六瓣，花九房，
夜掩朝开多异香，
何不生彼中国兮生西方？
移根在庭，媚我公堂。
耻与众草之为伍，
何亭亭而独芳。

何不为人之所赏兮，

深山穷谷委严霜。

吾窃悲阳关道路长，

曾不得献于君王。

　　岑参写这首诗，用意显然是为了借题发挥，感叹自己的怀才不遇，但对优钵罗花的描写细致入微。在序中，他提及初闻优钵罗花这个花名，是在佛经里。接着提到自己在公务不太繁忙的闲暇，便种植花草，忘乎其间，一副"花痴"的样子。所以便引来一名小吏给他送来了优钵罗花，说这花是从天山之南采摘而来的。道明了优钵罗花之名最早的出处和他所见到的这朵优钵罗花实物的来历。

　　优钵罗，其实就是盛开在印度大地上的睡莲，佛教典籍也将此译为青莲华、红莲华等（佛教认为花华不二，所以常将"花"写作"华"），是一种亚热带水生草本植物。佛教在印度诞生后，优钵罗花成为佛前供奉的一种花卉，而供花也逐渐成为一种佛教仪轨。佛教传入青藏高原，供花仪轨也随之传入，但高寒的青藏不生长睡莲，于是，便用高山花卉绿绒蒿替代睡莲，而且一并把睡莲的名字优钵罗也给了绿绒蒿。在青藏高原，藏族民众至今依然把绿绒蒿叫作优钵罗花。

岑参在序中也仔细写了优钵罗的样子："其状异于众草，势巃嵸如冠弁；嶷然上耸，生不傍引，攒花中折，骈叶外包，异香腾风，秀色媚景。"绿绒蒿作为采自野外的野生花卉，与岑参种植在庭院中的花草大有区别。首先是花形奇异：头冠一样的顶生单花高高向上，绝无腋生花卉那般傍依在枝叶之间，众多的单花簇拥在一起又反向中折，在互生叶片的围拢下，随风散发出奇异的花香，那秀丽的颜色让周边的环境也变得妩媚起来。

岑参在诗中也对优钵罗花做了更精细的描写："绿茎碧叶好颜色。叶六瓣，花九房，夜掩朝开多异香……"其花有着青绿的花茎和碧玉般的花叶，每朵花有六个花瓣，这样的花朵多达九朵。其花夜间闭合，清晨盛开，散发出奇异的花香——从岑参的描述看，他见到的优钵罗花当是蓝花绿绒蒿或是全缘叶绿绒蒿：碧绿的茎叶，单花形成花簇，"夜掩朝开"等皆与现实中的绿绒蒿相吻合，只是未有提及花色是蓝色还是金黄色，所以难以推测。绿绒蒿"夜掩朝开"，也会出现在天气阴晴之间，天气阴沉之时，花朵也会闭合，而阳光晴好之时，又会绽放开来。据说，到了晚间，绿绒蒿闭合后，其内部的温度比外面环境高出几度，因此也成了传粉动物们夜里御寒的地方。它就这样与熊蜂、蝇虫等达成了互利的共生关系。

据专家研究，唐时，佛教也曾从吐蕃传入新疆。倘若如此，岑参在北庭都护府任职时，当地应该也有藏传佛教传播，这一点，也可以从新疆吐鲁番、和田等地出土的唐代藏传佛教器物大致推断。而新疆天山一带，在海拔、生境、气候等方面与青藏高原几无差别，所以也是一个适于绿绒蒿等高山植物生长的地方。

所以，《优钵罗花歌并序》中的优钵罗花，也有可能是绿绒蒿。

4

金色的大雁哟，
你快快飞快快飞，
飞过那雪岭，
请你带上哟

心爱的雪莲哟雪莲，

捎给我想念的北京城，

呀啦嗦……


后来才知道，这首歌叫《雪莲献北京》，我小时候就会唱。教我学会这首歌的，是我小时候的玩伴萨杜。

记得萨杜第一次教我唱这首歌，是在家乡那座叫伏俟城的古城遗址上。古城遗址离我们的小牧村不远，是我们经常去玩耍的地方。那天，萨杜站在城墙上，大声唱起这首歌。唱完，他告诉我："我长大了一定要去北京城！"他的眼睛眺望着远方，闪闪发亮，好像看到了千山万水之外的北京城，而且只有他能看见，而我看不见。

"你教我唱这首歌吧。"我有些羡慕地对他说。

"好呀！"萨杜爽快地答应了。

萨杜说，这首歌是他阿爸教给他的，还说他阿爸的阿爸也就是他阿尼是个藏医。他的阿爸小时候，藏医阿尼经常带他的阿爸到山上采药。"他们采到过发光的雪莲花！"萨杜说。他的话让我大为惊讶，我看着眼睛炯炯有神眺望着远方的萨杜，充满神往地想象着一朵发光的雪莲花是什么样子。

"多好啊！"我说。

那时候我年龄小，听了萨杜的话，便信以为真，于是在不与萨杜一起玩的时候，便偷偷一个人走进草原，在那一片片盛开着各种野花的地方低头寻找，希望发现一朵发光的雪莲花。其实那时候自己连雪莲花长什么模样都不知道。

我们的小牧村叫铁卜加，傍依在青海湖畔。萨杜的家里除了他，还有两位老人，两位老人当时年纪已经不小了，有 60 多岁的样子。我们理所当然地认为，那就是他的阿爸阿妈，但从来没听过萨杜叫他们阿爸阿妈，而是直呼其名。那时候也没觉得这有什么奇怪。

我在牧村上学上到小学三年级，便离开牧村，去当时的公社上学，后来到了县城、州上。中师毕业后分配到省城工作。自从离开了牧村，我和萨杜的人生轨迹再也没有交叉重合过，只听说他家后来离开了牧村，不知道去了哪里。

直到长大后，偶尔想起儿时的往事，忽然觉得萨杜直呼他父母名字有些奇怪。有一次回牧村，与乡人聊及此事，才知道记忆中的两位老人并不是他的父母，而是他的爷爷奶奶——他的阿爸不在了，阿妈便扔下襁褓中的他走了。萨杜会说话的时候，便把爷爷奶奶叫阿爸阿妈，每次这么叫，爷爷奶奶心里就很难受，不让他叫，让他叫爷爷奶奶，萨杜却不干，后来就直接叫名字了。听了这个故事，我惊讶得半天说不出话来。没想到，萨杜还有一段如此辛酸的童年，没想到那个老头，那个每天坐在家门口打盹儿晒太阳，抑或把牦牛刚刚拉下的牛粪做成牛粪饼晾晒的老头，其实就是萨杜说的阿尼藏医。

　　说到他阿爸是怎么走了的，也令人唏嘘。他的阿爸跟着他爷爷去山上采药，在悬崖峭壁间发现了一朵雪莲花，就毫不犹豫地攀爬上去采摘，不想爬到半山腰时，失手摔了下来，摔成重伤。他的阿爸被抬回家里，弥留之际告诉他爷爷，他看到北京城了。

　　我第一次到北京，已是在参加工作以后，那也是我第一次坐飞机。在飞机上，看着舷窗外层层叠叠铺泻开来的白云，我忽然想起了那首《雪莲献北京》，想起了歌里金色的大雁。第二天，到了天安门广场，看着天安门城楼和城楼上的毛主席像，我立刻想起了萨杜，还有他的阿爸、他的藏医阿尼。后来，每次到北京，都会想起他们，想起这首歌。不知道萨杜后来到没到过北京，如果到过，是不是带着一朵发光的雪莲花。

也是很久以后，我才知道萨杜的名字，是藏语雪莲花的意思。

# 茉莉为远客

## 1

　　一个印度男人，名叫拉兹或者沙鲁克·汗，但他不是电影明星或是明星扮演的角色，他只是一个普通的农民。他裸露着上身，头发蓬乱，面颊窄长，眼睛大而无神，与面颊一样窄长的鼻子就像是在平缓起伏的山丘正中赫然隆起的一座山峰，带着刀锋一样的气性，把整个面部分切成了两半，而扁平的嘴唇则阻拦了鼻子的这种垂直分切企图，倔强地横在鼻子下方，微微张开着，像是一个固执的山洞。或是因为嘴唇的阻拦，使得上嘴唇上的唇须和下巴上的胡须有了安全感，便有些肆无忌惮，以一种葳蕤之势，如茂密的森林一样围拢住了他的嘴唇。他有些溜肩，两只瘦弱的胳膊慵懒地耷拉在肩膀两边，胳膊下端显得无所事事的两只手却很大，看上去有些不协调。他的胸部干瘦，两边的胳膊夹裹着两排对称排列的肋骨，一如泥石流冲刷出来的沟壑一样凹凸毕现。肋骨所围拢着的，是他微微隆起的肚皮。他刚刚从麦田干完农活回到家里。忙了一天，他十分疲累。这会儿是晚饭时分，他的妻子，名叫丽达或者卡琳娜·卡普尔，当然，她也不是电影明星或明星扮演的角色，她和男子在同一个村里长大，到该结婚的时候就结婚了。他们有一对儿女，都是小学生，这会儿还没放学，所以家里只有他们两个人。妻子正在做饭，简单的咖喱米饭，还有一些青菜，这样的饭食，几乎日复一日，没有什么变化。男人也没有什么食欲，就想着等儿女放学回来了，和他们一起吃完饭，早点上床睡觉。

　　正是春末夏初的季节，温度很高，太阳即将落山，但依然酷热难耐。男人躲开妻子因为要做饭而生起的火炉，坐在敞开的屋门前的一只木墩上，低着头，他感觉无所不在的热气在他的身边蒸腾，让他心里烦躁不安，他有一种就要发火的冲动。他强忍着内心的焦

197

躁，猛然抬起了头，他的目光扫过他的妻子，又盲目地向前划去。就在这时，他看到了那一株茉莉。

茉莉开花了，素素白白地缀满了枝头。从那一株茉莉的角度去看，太阳的光线形成了侧逆光，整个儿裹拥住了她，把她身上一朵朵白花和衬托着她们的绿叶打亮，通透的白花和同样通透的绿叶便有着宝石一样的色泽和质地，似是随意堆砌在一起的白水晶和绿翡翠。在那一株茉莉的前方，形成了一片小小的绿荫。

男人的鼻翼忽然动了一下，他深深地吸了一口气，一缕馥郁的花香即刻窜入他的鼻孔，浸入了他的身体。他感到他身上的燥热一下子消减下来，整日劳作的疲累似乎也得到了缓解，那些花费在麦田里的力气正一点点地回到他的身体。他站起身来，走到那一株茉莉的面前，站在那一小片绿荫里，开始凝视那一树的白花，吸吮空气中的花香。白花清净，更加浓烈的花香向他袭来，素洁和芬芳立刻包围了他，好像那一小片树荫就是由颜色和味道构成的。

男人伸手摘了一朵茉莉花，又摘了一朵，接着又摘了几朵。为了不让那素洁的花儿受到哪怕是轻微的伤害，他是有意连带了几片绿叶把花儿摘下的。他把摘在手里的茉莉花凑到他的眼前和鼻子上。顷刻间，一抹白云掠过，更加浓烈的花香直入他的肺腑，他感觉他变成了那片树荫，抑或说，他感觉他变成了洁白和芬芳，变成了白水晶和绿翡翠。

他心中的那一团怒火就这样被这一株茉莉熄灭了。他手捧着摘下来的那几朵茉莉花，回身去看妻子，妻子用有些怯懦的目光回应着——刚才，男人回来的时候，妻子看到他闷闷不乐的样子，便没敢吱声跟男人打招呼。这会儿男人忽然看她，她不知道什么意思。然而，男人忽然笑了，一排白牙忽然从那被黑色胡须围拢着的嘴唇中显露出来，黑白对比，眼睛也因此清亮活泼起来，一脸的灿烂。妻子立刻报以男人一个更加灿烂的微笑。

男人走过来，走到妻子跟前，伸手把胡乱粘连在妻子脸上的一些纷乱的头发整理好了，便把手中的几朵茉莉花小心地插在了妻子的鬓间，然后仔细端详着妻子的脸。"真漂亮！"他说。他的话让妻子心里涌过一股暖流，她含情脉脉地看着男人，说："孩子们马上回来了，咱们吃饭吧！"

茉莉花在印度栽植的历史悠久，身上佩戴茉莉花，也逐渐成为印度人的一种习惯，他们相信，茉莉花不但有着消暑安神的作用，在炎热的夏天，她浓郁的花香还能够遮盖人们身上不太好闻的体味。所以，他们不但自己戴茉莉花，也会赠予别人。甚至会把摘下的茉莉花用丝线穿成花环，戴在脖子上。特别是尊贵的客人到来，迎迓之时奉上一只茉莉花的花鬘，就有了隆重的仪式感。慢慢地，这也成了一种习俗或礼仪。后来佛教诞生，供奉在神坛上的诸多神灵受到膜拜，宗教与礼仪结合演变成了佛教的花供仪轨。

对中国来说，茉莉花是一种异域之花，据说她的故乡是古罗马，她也曾经在波斯、印度等地遍地开花。大约在汉武帝时期，她通过海上丝绸之路来到了中国，也有人认为，她是从佛教的产地印度与佛教一并来到了中国。

## 2

这是北宋年间的中国南方，坐落在南京城郊的一户人家：南方独有的天井庭院，院内栽植着花草，靠窗的花台上摆放着盆景，扶桑花、天竺葵等，花儿灼灼地开着，让略显阴沉的院落有了几分亮色，鲜活了许多。还有几盆多肉植物，肥厚的肉质茎叶紧紧簇拥着，泛着一缕暗绿的光。这是这家的女主人的最爱。女主人叫云莉，与丈夫新婚不久。丈夫在草市上做点小本生意，整日忙碌，每天清晨一早就离家，所以在白日里，总是女主人一个人独守空房。这会儿时至晌午，女主人从里屋搬出来一盆花，放在了花台的顶端。这是一盆尚未开花的绿植：微微有些扁平的茎枝上密布着稀疏的柔毛，对生的叶片从茎枝两侧伸出来，就像是一双要去捧住太阳的绿色小手。叶片上的叶脉纹路清晰，从中轴的主脉上形成对称的弧度，极力向上伸出来，好像是铆足了劲要帮着叶片去捧住阳光。绿植被打理得很干净，每一片叶子都是仔细清洗过的，看上去绿油油的，让人惬意。

这盆绿植是她的丈夫从草市上带回来的。丈夫偶尔认识了一位天竺商人，这位会说汉语的天竺商人便把这样一盆绿植送给了他，并告诉他要好生养护，白天拿到室外让它晒太阳，晚间则要移入屋内，勿要让它受风受冷。待到开出花儿来，花色素白，花香四溢。

丈夫怀着好奇把这盆绿植带回家里，交与了妻子，并把商人对他说的话给妻子说了一遍，妻子听了也好奇，便问丈夫：这是什么花儿呢？丈夫却回答不上来。

其实，这盆绿植是茉莉。她刚刚来到中国，也许因为初来乍到，有些水土不服，所以才显出楚楚可怜的娇嫩来，需要悉心养护。

茉莉到了中国南方，即刻惊艳了原本就爱花养花的南人。那时，漂洋过海来到中国的茉莉极为稀少，见过她的容颜，闻到她的体香的人更是没有几个，但她就像是一位有着绝世美艳的异域女郎，让见到她的人们一见倾心，一眼难忘。她不张扬，一袭白色的花衣，有一种不屑以浓艳的装束博人眼球的清高，她香气浓淡相宜，却不是涂脂抹粉的脂粉味道，而是来自自身的天然体香，恰好符合国人内敛克制的审美心理。人们纷纷打问她的名字，那位天竺商人便把她的梵语名字说了出来。

异域女郎，自然有着异域的名字。人们立刻记住了她的名字，抑或说记住了这个名字的发音，并用汉语方块字，写下了她的名字。起初，人们除了记音，并没有在意用字美不美，寓意好不好。于是，初到中国的茉莉，便有了末利、末丽、没利、抹历、抹利等诸多音同字异的名字。因为急于记住她的名字，有点"慌不择字"，这些名字除了读音，从字义上甚至有了一些令人避讳的意味，诸如没利、抹利等。直至后来到了明朝，集录撰书《本草纲目》的李时珍在提及茉莉花时也有些看不过去，他说：盖末利本胡语，无正字，随人会意而已。

那个时候，伴随着海上丝绸之路的畅顺，茉莉花或是"风韵传天竺，随经入汉京"，与佛教一起传入中国，或是"名字惟因佛书见，根苗应逐贾胡来"，通过商路涌入中国。开始在中国南方的土地上广泛种植。

异域的茉莉，已经逐渐适应了中国的水土，她们野蛮生长，"直把杭州作汴州"，对她们曾经和现今的生境，已经不分彼此了，但她们依然没有一个统一好听的名字，因此她们不论怎样入乡随俗，她们的异域身份依然暴露在她们的名字上，她们因此而感到焦虑。

喜欢她们的人们也为她们焦虑。或许，曾有这样一位正在备考乡贡的书生，笃信佛教，家中庭院里也栽植着茉莉。他对民间和佛经之中把这样一种高洁清香的花木的名字写成没利、抹利等心存芥蒂，他觉得这些名字太过随意，只取其音，而不重其意，配不上茉莉花的精神和气韵。他打算从众多的汉字里，找出两个能够与茉莉相匹配的字来，不但取其音，并赋予它美好的寓意，让茉莉名实相符。揣测这位书生当时的苦苦思索和字字斟酌，想他最先想到的应该是"莉"字，这个字，常用于人名之中，特别是女子的名字之中，上面的草字头表示四方，下面的"利"代表顺利，意思便是不论走到哪里皆能顺畅。茉莉来到中国，虽然也逐渐适应，但也跌跌撞撞，最初时候，稍有不慎，便会夭折——张邦基在他的《墨庄漫录》里提及茉莉时，就有"经霜雪则多死"之句。所以，书生先把一句祝福给予了茉莉。继而他开始苦思冥想第一个字，他的心思从那些念"mo"音的汉字上掠过，但没有一个字是他中意的，于是他大胆子自创了一个字：茉。有关"茉"字，辞书里的解释是，"茉"为后起字，从"艹"，音"末"。继而又解释，"茉"字不单用，只用在联绵词"茉莉"中。所以在辞书的词条里，也就只有"茉莉"一个词条。在这里，后起字的意思，是指一个字的后起写法，以合体字居多，由此可以判断，"茉"是"末"的后起字。

从此，"茉莉"才有了一个无可替代、绝世无双的名字，这也预示着"茉莉"在中国逐渐完成了本土化。

　　在女主人云莉的悉心照顾下，那一盆茉莉开花了。先是几朵花蕾。接着，是在一个早晨，丈夫起身，没有惊扰女主人的睡眠，匆匆洗漱，简单地吃了一点早点之后就去了草市，就在丈夫轻轻关上房门的那一刻，女主人醒来了。当她就要睁开眼睛时，她的鼻子里立刻充满了馨香的味道。她知道茉莉开花了。她急忙起身，走到那一盆茉莉近旁，几朵素白的花儿，却弥漫出了整个儿屋子都装不下的馨香。她想喊丈夫回来，即刻打开房门时，丈夫已经走远了。

## 3

　　茉莉花依然保持着一种高贵的矜持：佛教的供花仪式伴随着佛教传入中国，她们大多时候的角色，是在供花仪式上成为圣洁的供花，她们因此身份特殊，使命神圣。人们怀着崇敬的心情把她们采摘下来，串联成花鬘，虔诚地摆放在佛前的供台上，这隆重的行为，其实也把她们束之高阁，使她们成为"小众"。

然而，中国文化有一种柔韧的宽容度，在注重内在精神提升的同时，也在意世俗生活的丰美，既看重节庆活动的仪式感，也讲究平日衣食住行的烟火气。在这样一种文化态度下，一些原本"养在深闺人不识"的事物，却也"酒香不怕巷子深"，渐次传播开来，普及民间。茉莉从异域进入中国，历经汉唐宋元，到了明朝时，茉莉花也从一种仅供神灵享用的奢侈品，逐渐成为熏制茶叶的"天香"，走入了寻常百姓家。

　　民间有关茉莉花茶诞生的传说，也意味悠长：一位茶商邀请他的茶友品茶，茶商在精致的茶碗里，放了一撮青绿的香茶，冲入了滚烫的沸水。香茶与沸水相遇，即刻升腾起一缕袅袅热气，带着花香的茶香顿时弥漫满屋。茶商和茶友张开鼻翼，深深呼吸，顷刻间沉醉在香气之中。就在此时，热气幻化成一位婀娜的女子，手捧一束茉莉花，向着茶商和茶友轻轻挥舞，瞬即又化为乌有，消失不见了。二人见状，大为惊讶。茶友急忙向茶商问香茶的来处，茶商这才想起这是江南一位女子所送——女子在危难时刻曾经得到茶商的救助，奈何红颜薄命，茶商再下江南之时，女子已经香消玉殒，临走之时留了一包香茶，托人送给茶商，以感谢曾经相助之恩。茶商把香茶带回来，一直没有启封，今日茶友应邀到访，这才特地打开。茶商便把这段经历讲给茶友听，茶友听了感叹说：呜呼，这江南女子或为茶仙转世也，如今她手捧茉莉，借袅袅热气现身，是在暗示茉莉花也可入茶！此前，以花熏茶的制茶工艺已经在中国南方普及，只是未敢启用佛前供奉的茉莉花，而自此，茶商便用茉莉花制茶，熏制出了茉莉花茶，一时，在中国南方，品饮茉莉花茶渐成风气。

这个故事，似是在为茉莉花从神坛走向民间做铺垫和开脱，其实也应喻示茉莉花在中国传统文化中的一种必然走向。如此，人间俗世与天上神灵便共享这绝世的素洁与芳香了。

## 4

一朵花被民间吟唱，足以说明她不但盛开在民间的土地上，也已经盛开在民间的内心深处。而茉莉花被作为美好爱情的象征进入一首脍炙人口的民歌，说明这种异域花朵已经完成了本土化，完全被民间"视如己出"，甚至已经不记得她的来路了。

或许，这是茉莉花在中国民间完成的一次"化茧成蝶"，好一朵茉莉花！

《好一朵茉莉花》是一首在吴侬软语中滋长出来的民间歌谣，曲调、旋律、歌词都透着南方的阴柔和温润，有着南人细腻的情感表达方式，且民族特色鲜明：

　　好一朵茉莉花啊

　　好一朵茉莉花，

　　满园花开香也香不过它。

　　我有心采一朵戴，

　　又怕看花的人儿骂……

《好一朵茉莉花》一经诞生便传唱开来，成了中国南方的好声音，甚至借助歌剧《图兰朵》等蜚声中外。这首歌也通过传播登上了高寒的青藏高原。

作家苏南，生活在青海牧区乡镇，高个子，红脸膛，大颧骨，完全北人长相，有着典型的蒙古人种或是藏缅人种特征，但他却是汉族，据说祖上来自南京。

在他家的家谱上，有着详细记载：先祖世居南京，明洪武年间迁来西域……传说，青海汉族祖籍南京，原本住在南京朱子巷。明太祖朱元璋推翻元朝刚刚登上皇位的某年元宵灯会上，他们的先祖沿着街巷挂出灯笼，庆贺佳节，其中一只灯笼上画了一个女人，女人长了一双大脚。有好事者见此，便向原本就长着一双大脚的马皇后打小报告，说百姓大胆，竟借灯会之机耻笑当今皇后。马皇后听了大怒，当日晚上便给丈夫朱元璋吹了枕边风。朱元璋为了取悦马皇后，惩治朱子巷居民，把整条街巷的居民发配到了青海。苏南对此深信不疑，偶尔有人问起故乡，他会学着南京话说：我四蓝今人（我是南京人）。或许是因了"寻根问祖"的心理，苏南执着于青海与南京之间文化上蛛丝马迹的关联，从语言、歌谣等方面发现不少可以说道的实据，他甚至在《红楼梦》里找到了大量的青海方言，并打算据此要写一本书。他还发现，民间传唱的青海小调里，居然也有一首《好一朵茉莉花》。苏南说：先祖被发配，家园财产皆被掠去，两手空空，带不了任何物质的东西，但一首歌谣却可以装在心里，一路带着。如此，这首民歌便从中国南方来到了青海。

然而，当这首歌从"小桥流水"的江南到了"古道西风"的青海，历经强劲西北风的劲吹，原本的阴柔细腻渐渐消失，一种与高原狂野的地理风物相契合的粗犷与直接，却出现在了歌曲中：

　　　　好一朵茉莉花啊，

　　　　好一朵茉莉花，

　　　　满园的花儿赛也赛不过它。

　　　　我也不采它呀，

　　　　我也不摘它，

　　　　有朝一日连根挖回家！

　　歌曲也不再是南方的轻吟浅唱，而是一种撕心裂肺的吼叫。苏南还说，据他猜测，这首歌里"有朝一日连根挖回家"的表达，也许是受到北方少数民族抢亲习俗的影响，是对这一习俗的一种反映。

　　青藏高寒，除了香茶与歌谣中的茉莉花，茉莉花本尊并没有抵达这里。然而，沿着文化的路标，茉莉花的身影也曾闪现在藏文化里。偶尔查阅《御制五体清文鉴》等典籍，赫然发现茉莉花在藏语中的名字，共有两个，一个名字系用梵文直接书写。藏文是松赞干布时期根据梵文创制，有许多词直接来自梵文。而另一个名字则为"moli"，显然是汉语"茉莉"的谐音书写。因此也可以判断，茉莉花也曾以文化的方式抵达青藏。

其实，高原也不是没有茉莉花，有一种叫喜马拉雅紫茉莉的野生花卉，开放在青藏高原的高处，如果在盛夏季节去可可西里，就会一睹它的芳容。喜马拉雅紫茉莉属于紫茉莉科植物，被毛的茎枝，对生的绿叶，小巧的紫色小花，是一种药用价值极高的本草，藏医用于阳虚水肿等病症的治疗。紫茉莉绽放高原，或许，也可以把它理解为茉莉的精神触角向高原的一种延伸吧。

如今，茉莉的本土化已经完全获得文化认同，人们不再提及她曾经的异域身份，只有宋代诗人张敏叔依然站在历史的某个路口，以一句"茉莉为远客"提醒着她曲折苍茫的来路。

# 他乡故知是麻雀

## 家雀与树雀

早在一百多年前，瑞士博物作家欧仁·朗贝尔就认真细致地观察和描述了麻雀这种小鸟，当他用精准生动的文字让那些家麻雀和树麻雀们跃然纸上的时候，有一个问题也一直纠结在他的心里，让他好奇又疑惑，那就是：这些麻雀来自哪里？这是一个基于科学意义的思索，因为如今的麻雀——不论是家麻雀还是树麻雀，早已经和人类"休戚与共"了——它们的鸟巢搭建在人类居住的屋檐下或墙角里，建造鸟巢的材料甚至也来自人类生活的一些废弃物，有时，纸屑或塑料碎片也成了枯草、兽毛这些"原始建筑材料"

的替代品。它们的食物，也大多是人类食用的粮食和食物的碎屑。但是在这之前呢？欧仁·朗贝尔试图通过观察发现隐藏在麻雀身上的这些久远往事，他发现，那些家麻雀有时也喜欢在一棵大树的枝叶间过夜，于是他猜测："这是不是对原始本能的最后一丝保留？"但欧仁·朗贝尔知道，这也仅仅是他的一时猜测而已，在他看来，这是一个"无法通过特定的科学知晓，也没有任何资料可供查询"的疑案，但他确信，麻雀们"不是人类创造的，在人类之前就独自生活着"，它们喜欢在"最繁忙都市的市场大厅或尘土飞扬的街区安营扎寨"，是在相当长的时间内，好多个世纪，一步步发展到这一步的。他说："麻雀喜欢寄生在人类房屋的这种习性只能解释为它逐步适应了我们住所周边环境提供给它的生存条件。"

虽然这是一个无法找到实据的疑案，但欧仁·朗贝尔始终没有停息他的思索和探寻，他发现，如果把家麻雀和树麻雀放在一起比较，它们之间的行为举止却有着很大的不同，家麻雀越来越喜欢人口稠密的街区，而树麻雀则更喜欢停留在人类生活区域与自然草木的边缘地带。他形象地比喻说，家麻雀是"城市化的麻雀"，而树麻雀则是"农民化的麻雀"。欧仁·朗贝尔还发现，伴随着人类生存环境的不断城市化——这在如今的我国更为突出——树麻雀，这个家麻雀的乡村表亲，也从农村走向市郊，再从市郊走向城里了。他对这种趋势还是心存疑虑的，他用警醒的语言对树麻雀说："树麻雀，我的朋友，小心啊！你正在步你兄弟的后尘！"

其实，家麻雀和树麻雀的区分，始于 1758 年，是由瑞典博物学家冯·卡尔·林奈命名。被叫作"家麻雀"的是一种在欧洲常见的麻雀，它们早已习惯生活在城市，它们的鸟巢就搭建在城市的高楼之上——工厂、商城的那些钢筋水泥结构的缝隙和凹槽成了它们的理想居所；被叫作"树麻雀"的，则是一种在欧洲的城乡交界地带常见的麻雀，它们大多以群体的方式觅食，喜欢飞落在树木上，在树木的枝叶间嘈杂而喧闹地鸣唱。这也是瑞士作家欧仁·朗贝尔把它们形容为城市化与农民化的原因。在我国常见的麻雀——即便是混迹于城市的高楼街道，飞翔于车流与人流穿梭不停的马路市井上空的，其实还是树麻雀。

即便如此，这种"城乡差别"，也体现在同类麻雀的内部。

　　有一次，我去了青海省海南藏族自治州州府所在地恰卜恰镇，在一个小区的绿化带里拍到了一群正在觅食的麻雀。抑或是城镇的麻雀原本就没有城市里的机灵——就像分别居住在城乡的人类一样，抑或是这样一座基本由信仰藏传佛教的藏族人口居住的城市，以佛教的慈悲和不杀生理念宠坏了它们，它们一点也没被我的相机镜头所惊吓。我在离它们三五步远的地方拍下了憨态可掬的它们，因为它们对我没有任何戒备，照片上的它们因此显得清晰而灵动。我把照片发布在微信朋友圈，并没有说明拍摄地，但还是有人一眼就看出来了——青海著名撒拉族诗人马丁在朋友圈留言说：从麻雀洁净的羽毛上可以判断，它们不是西宁的麻雀。

　　是的，走在西宁的街道，也经常会看到麻雀，但这些麻雀身上却黑乎乎的。我也曾注意到过别的城市里的麻雀，它们同样难免沾染上一身黑乎乎的东西，几乎看不清羽毛的颜色。每每看到它们，我就会想，这些可怜的精灵，在这一座座貌似光鲜的城市里，正在遭受怎样的难堪和无奈？它们的夜晚，是在怎样一个藏污纳垢的地方度过的呢？让它们都不能打理干净身上的羽毛！它们在这一座座似乎要跟大自然原本的相貌进行着顽强抵抗的城市里，在钢筋水泥筑就的高楼大厦的缝隙里飞翔或蜗居，在被人类依照自己的喜好和审美严格规划和改造过的绿地上觅食，因为不断有人要走近它们，它们不得不一边忙碌，一边警觉地盯着来往的人群，不断地飞起，落下，再飞起，再落下，几乎没有一刻的空闲和安宁。

相对于城市里的麻雀，乡镇以及乡镇以下村舍里的麻雀似乎更安然自得一些，至少，它们的外套——那一身棕色和黑色间杂的羽毛，要比城市麻雀干净许多，能看出本来面目，这甚至成为把它们与城市麻雀区分开来的，可以引以自豪的外在标志。

但它们依然要选择城市，接受不断向它们迈进的城市化进程。这是对事物发展规律的一种妥协或认同吗？但小小的麻雀，却又保持着它从不改变的个性：几乎所有的麻雀都生活在有人群的地方，但几乎所有的麻雀都拒绝了人类，拒绝了人类对它们可能的饲养。即便是刚刚学会飞翔的麻雀雏鸟，它们同样会拒绝人类给它们的嗟来之食，一旦被捉，它们就会绝食，直至把自己饿死。有资料说，麻雀被捉后，在陌生的环境里，它的肾上腺素会急剧增加，心跳加快，血压升高，身体因此会分泌毒素，毒死自己。小时候，我们经常捉到翅羽未丰的麻雀雏鸟，试图饲养，但即便是给它最爱吃的青稞种子或者柔软油腻的毛毛虫，给它用绵软的羊毛搭建窝巢，比它曾经的那个用枯草和碎毛搭建的窝巢好好几倍，它也会视而不见，悲凉地鸣叫着，一副视死如归的决绝样子。瑞士作家欧仁·朗贝尔对麻雀的这种不屈服的倔强行为充满了赞赏，他说："家麻雀是一种参与人类生活，但丝毫未被同化的小鸟。我们关于它能说的全部内容都基于这一点。"他甚至用一种充满羡慕的口吻说："它是它自己。"

不论是麻雀还是我们，心里都应该留恋着曾经的故园，保有一份与我们的历史过往紧密关联，也与我们的未来梦想紧密相关的悠悠乡愁。

## 画鸟与飞鸟

对鸟类的不断观察，使得我对鸟类有了一定的认知，许多常见的鸟儿，我已经能够从它们的体态、羽毛颜色及其他一些特征上很快便认出它们来。辨识鸟类甚至成了我的一种习惯和乐趣，不论是在实际环境中看到一种鸟类，抑或是在画面中——电视屏幕、图片、美术作品中看到鸟类的形象，我都会调集我有关鸟类的知识和记忆，去辨认它们。我发现，出现在许多画家笔下的鸟类，特别是出现在国画中的鸟类时常含混不清，不知道是一种什么鸟儿。在我的微信朋友圈里有几位画工不错的作家，他们时常画一些鸟禽在纸上，发布出来，养成了辨识鸟类习惯的我便去仔细辨认画中的鸟类，却往往一头雾水，找不到现实鸟类与画中鸟儿的对应关系。百度及一些其他电脑软件有了图片搜索辨识功能后，我也时常把这些画作中的鸟儿置于搜索引擎中，发现这类软件与我一样一头雾水。曾经读阿来的《草木的理想国》一书，书中写及梅花时，有这样一段话："咏花而不见花，这是中国文学甚至中国文化中的一种'不及物'的态度使然，所以，国人可以没有观察过梅花而作梅花画，写梅花诗。"于是我恍然：国画中的鸟儿们，其实也是"不及物"的，只是一种写意手法的表达而已。

很多次，我在网上，在我的微信朋友圈里发布一些好不容易拍到的野生鸟雀的照片，有人就会问，这跟麻雀有什么区别呢？或者直接说，这不是麻雀吗？在我看来，这些野生鸟类与麻雀截然不同，照当下的话来说，是辨识度极高的，那么，这些朋友为什么会认不出来？为什么会混淆呢？

　　或许，中国文化中的这种"不及物"的态度，也使得大多的国人在观察事物时，总是忽略了事物的个性而只看到它们的共性，这也是大多国人从来不会区分麻雀与其他鸟儿的原因。

　　我还发现，总是把麻雀与其他鸟儿混为一谈的，也是有"城乡差别"，甚至还有农耕与游牧文化不同背景的差别的——越是城里的，便越不能区分，越是农耕文化背景的，也越是"不及物"。我曾和几位来自草原的藏族歌手谈及我正在书写一些关于鸟儿的文字，他们听了便表现出浓厚的兴趣，给我讲述了许多有关鸟儿的见闻，此后，他们每每到了一些地方，发现好看的鸟儿，便会尽量拍照片发给我，电视里播放有关鸟类的纪录片，也会打电话或发微信告诉我。仅凭着图片，他们就可以说出许多草原上的鸟儿的名字，也从不会混淆不同的鸟类。

于是，我也在想，城市里的诸多规则，使得人们与麻雀——那些与城市规则形成对立的自由与不屈的精灵越来越疏远，这自不必说，即便是农耕文明的发展，也使得许多事物不断地趋同化，像不断耕种的麦田一样，规范和整体划一成为农民们对事物的认知方式，而忽视了去区分事物的个体差异。而游牧文化的随性和自然，则更多地强调了事物的异质性，在众多相同事物中发现其不同的所在，可能还是游牧文化的一个特点。这让我想起曾经的一件往事。一位电视编导，拍摄制作了一部有关草原牧民的电视纪录片，其中有一组画面，说的是两个牧民家的羊群合群了，这两个牧民正在把各自的羊群分开。这位编导便理所当然地认为，羊群合群，难以区分，两个牧民便以各自家庭拥有羊群的数量为依据，大致把羊群分成了两群，并如此写进了解说词里。其实，小时候曾经是一个牧童的我很清楚，在任何一个牧民眼里，每一只羊都是不一样的，就像他家里人以及和他认识的人一样，每一只羊都有一张不同的面孔，甚至都有各自的名字。区分合群的羊群，对他们来说易如反掌。

　　由此我也相信，在草原长大的孩子，一定能够区分出各种鸟雀，一定会注意到每一种鸟儿不一样的辨识度的，因为，那些在田野或草原上筑巢、觅食，飞翔在大地上的鸟儿们，对他们来说，就是他们的玩伴儿。记得我小时候，赶着牛羊在草原上放牧，偌大一片地方，除了牛羊，就只有我一个人。我躺在草原上，看着远山的天际边悄然变换着模样的云朵，看着铺泻在草原上赤橙黄绿的野花，我不由得开口和它们说话，我问云朵：你要去哪儿呢？我又问一朵野花：你高兴什么呢？这时候，一只鸟从我的眼前飞过，它的翅影立刻吸引了我，把我的视线吸引到了它的身上——比起云朵和野花，它更具有生命的动感。于是，我站起来，朝着方才小鸟飞过的地方追了几步，大声朝它喊起来：你这么急急忙忙的，是要去聚会吗？我至今记得，我看云朵、野花、小鸟的目光是那样专注——如果那只小鸟恰好是落在我的不远处，我会仔细地观察它的每一个部位，它的头、眼睛、爪子、尾巴，当然还有羽毛，羽毛的颜色。也许就是这样，使得我们从小就有了堪比自然博物学家一样的观察能力。

而那些在城市长大的孩子，从小就受到了一种共性意义上的规范训练，对于事物的记忆，也更趋于数字化或概念化，比如街道的位置与走向等，认知与区分事物个体形象、特色的天性，反而可能在这个过程中被泯灭了。他们有很多的玩伴，他们更是有各种各样的玩具。有时候我也在想，或许就是那些玩具，剥夺了他们观察世界的目光，使得他们的目光停留在玩具之上，忽略了周边的世界。世界便以不与他们交往的决绝，把陌生的一面展现给了他们。

我也认为，中国的家庭教育，注重足不出户的阅读和学习，却忽视了自然课的教授。这大概也是大多城乡长大的孩子"不及物"的一个原因。我发现，在我周边的朋友们，几乎把所有鸟儿都叫作麻雀，特别是雀形目的鸟儿，在他们眼里，那一定是麻雀。

"我的眼睛被委以发现它们的重任。"美国著名自然文学作家约翰·巴勒斯如此说过。同样，作为一个热爱自然、热爱鸟类者，我依然拥有一双牧童的眼睛。尽管，每一种鸟儿大体一样，就像是在青海方言一首行酒令中所描述的那样：

一只鸟儿一个头，

两只眼睛明啾啾，

两只爪爪扒墙头，

一只尾巴在后头。

但在我眼里，我能发现每一只鸟都是一个独立而不同的个体。

## 候鸟与留鸟

人类依据鸟类的生活习性，对鸟类进行一个基本分类：候鸟与留鸟。

"燕雀安知鸿鹄之志"，这句话，典出《史记·陈涉世家》，意思是燕雀怎么能知道鸿鹄的远大志向，比喻平凡的人怎知胸怀理想的人物的志向。《庄子·内篇·逍遥游》则通过一个故事，讲述了"鸿鹄"与"燕雀"的彼此不屑和不解。其实，这里所涉及的几种鸟类——鸿鹄，据说是指属于近亲关系的大雁与天鹅，而燕雀，则指一种雀科鸟类或者是燕子与麻雀，将"鸿鹄"与"燕雀"相对应，其实就是把候鸟与留鸟对应起来了——尽管候鸟与留鸟，从鸟类的习性来说，不是一个完全相对的概念。作为候鸟，迁徙是它们的习惯，它们必须依据季节和时间飞向远方，而作为留鸟，留守故园，才是它们所要坚持的必须。对于这一点，瑞士作家欧仁·朗贝尔却直接站在了"燕雀"的立场上。他以一种欣赏的笔调这样描述了家麻雀：它厌恶孤独，对迁徙也没一点儿兴趣，甚至散步对它来说都是庸俗的乐趣。它有自己的社区、自己的街道、自己的席位，这才是它的舞台，绝不远离。

2018年5月5日，全球观鸟日，青海湖管理局的官方网站发布了一个有关青海湖鸟类的帖子，朋友转发给我，我浏览下来，发现尽数都是候鸟——其实，将候鸟指认为属于某个地方的鸟，原本就是一种错误，但在青海，这似乎是一种现象，许多摄影爱好者，有的以"打鸟"者自居，他们所拍摄的，大多也是候鸟，对当地的许多留鸟却视而不见。也许，恰是因为青海湖岸畔有一座鸟岛，原本也是属于青海旅游的"招牌菜"，为了让这里的鸟儿获得生态文明建设的更多的呵护，如今已宣布关闭。那是每年春夏季节许多候鸟来栖息、产卵、哺育幼鸟的地方，人们对它的关注程度过高，也凸显了对更多种类的留鸟的忽视。我也发现，候鸟作为各地容易得见的鸟类，有关它们的资料很多，但关于留鸟，特别是像环青海湖地区这样的偏远地带，生活在这里的留鸟就很少有人问津了，有关它们的资料也就少之又少。我曾在一篇文字里写下这样一段话：如果把青海湖鸟岛上的候鸟比作游客，那么，金银滩草原上的这些留鸟，就是世居当地的土著，对于它们的休养生息，我们不仅要关注"游客"，更要关注"土著"。

环青海湖地区是藏族情歌"拉伊"的主要流传区域，这种情歌时常以杜鹃鸟——候鸟，百灵鸟——留鸟为起兴意象，抒发情恋男女之间走与留、守与散、等待与重逢等情感与心绪，委婉动听，直指人心。依照这种比喻，那么，"鸿鹄"与"燕雀"也不必非得是一种彼此不屑与不解的对立关系，彼此间或许还可以心怀一种凄美的思念与悲欢。

要么读书，要么旅行，身体和灵魂总有一个在路上。这是时下极为流行的一句"鸡汤"。有关这句"鸡汤"的出处，还出现了不同的说法与争议。其实，这句话说的还是去与留的关系，只是用一句"在路上"偷换了概念，把去与留都归结成了一种行走方式。而与这句话相对应的，也是时下一种流行的生活态度，那就是"宅"，由此还出现了一种新新人类，叫"宅男""宅女"。这种生活态度，似乎是对"在路上"的行走方式的一种对抗，强调了"留"的重要性。从这两种完全相对的表述，也反映了当下人们面对自身"压力山大"、复杂浮躁的生活的一种矛盾心理。实际上，正如"鸿鹄"与"燕雀"，"去与留"只是不同的人群各自不同的生活方式，没有孰对孰错，就像我们不能因为候鸟的迁徙而去指摘留鸟的守候，反之也是。

麻雀，这小巧的留鸟，把远方留给了那些"鸿鹄"，留给了候鸟，自己心安理得地留了下来。留下来，每天和人类"厮混"在一起。厮混在人类生活的地方，这些麻雀也就沾染上了一种属于人类的烟火气——当它们不再觅食，也不用去飞翔的时候，就聚集在一棵树上或者一片草地上，高声喧闹，嘈杂不止。恰似人们在商场、车站等公共场所的一种行为，我行我素地张扬出了一种世俗的味道。

一百多年前，一位遁世修行的藏族喇嘛敏锐地从麻雀身上嗅到了这种世俗的味道，于是，他写下了一篇文字。

麻雀，藏语叫作启哇，但大多数人会把它叫作希

226

德或青希，意思是小鸟或家雀，很少有人知道，它还有个名字叫嘎兰达嘎。这位叫洛桑夏智嘉措的喇嘛曾写下一篇题为《答嘎兰达嘎问》的文字，据说是韵文和散文间杂的文体，但已成佚卷，后人根据当地老人的记忆，记录下了这篇文字的诗歌部分。这是一首以藏文三十个字母起头的藏头诗，全诗以诙谐幽默的语言描写了一个在密林深处修行的僧人和一只麻雀间的对话，话题涉及入世与出家、静修与喧闹、贪婪与知足等，妙趣横生，令人忍俊不禁。

我的朋友喜欢行走，而我喜欢"宅"着。我们的状态，恰是"鸿鹄"与"燕雀"，但我们从不彼此不屑或不解，反而很欣赏对方。近日朋友去了新西兰，她知道我喜欢鸟儿，便拍了生活在那里的许多鸟儿发给我——那里的鸟儿受到人们充分的尊重和保护，对人类已经没有太多的防备，朋友用手机就拍到了许多美丽的鸟儿。显然，这些鸟儿超出了我的认知范围，大多数鸟儿，我从未见过。出于好奇，我问她，见没见到麻雀，她说她留意。没过几日，她便发来了她在毛利人居住区拍到的麻雀。还告诉我，她早上醒来，听到了麻雀的鸣叫声，觉得是那样熟悉和亲切。她的话，也让我回忆起了我在四处行走时与麻雀的一次次相遇。

　　我不知道，是不是每一个地方的麻雀——不论家麻雀或树麻雀，以及其他的麻雀——都有着各自相同的长相和鸣叫，就我有限的游历，我是肯定这一点的。有时出差在外，清晨醒来，听到窗外麻雀叽叽喳喳的叫声——就像我的朋友一样——就会有一种恍若躺在家乡老屋熟悉的床榻上的亲切感。而每每看到在交错的高楼和被纵横的电线切割成碎片的城市的天空里从容飞过的麻雀，抑或是飞落在乡村的屋檐下以及在草原帐篷的缆绳上的麻雀，也会一眼认出它熟悉的身影，它完全是在家乡看到过的模样，仿佛它从我的家乡刚刚飞来，抑或，一直在这里等我，在这座别人的城市，别人的天野牧场，让我在这陌生的地方，感受到一种熟悉，消解如我一样流落他乡的人们心里的孤独和乡愁。

　　他乡遇故知，被说成是人生一大快事。但很多时候，这是可遇而不可求的。但麻雀却是个例外，只要你用心，在别人的地方，你一定会看到就像是从自己家乡飞来的麻雀，听到它们熟悉的啁啾的鸣唱。

　　所以，他乡故知是麻雀。

# 鸟雀记

## 山雀

　　瑞士作家欧仁·朗贝尔在他的《飞鸟记》里连续写了大山雀、煤山雀、沼泽山雀、青山雀和白喉长尾山雀，是这本书里对同一属的鸟儿中的不同种类集中书写最多的鸟儿，在对各种山雀的描述中，他都用到了同一个词：游戏。他认为山雀是一种健康快乐，身体里存储了太多活力而需要挥霍的鸟儿，它们时时刻刻在树枝间跳跃，没有一刻闲暇，所以它们的行为，也就不像其他鸟儿一样，只是单单地执著于觅食或者捕猎，更多的，是在玩耍、游戏。欧仁·朗贝尔甚至感慨地说：噢，那些大鸟，那些飞行大师，如野鸽、燕子、海鸥、军舰鸟，你们在高空翱翔时，你们的旅行、你们优美快速的旅行、你们大规模的狩猎，那还是一项工作；来吧，欣赏一下沼泽山雀的飞行，那才是一种快乐，一种游戏。

欧仁·朗贝尔还说，它们不断地跳动，就像弹簧一样。这的确是对大山雀以及这一属的其他山雀真实的描写。我在西宁文化公园里先后拍到过大山雀、绿背山雀和长尾山雀，它们在枝繁叶茂的树上跳来跳去，我相机的镜头为了捕捉到它们的身影，也是费了不少时间和周折：镜头刚刚对准它，还没有框住，它就已经不见了，抑或是已经框住了，还没有聚焦，它又跳走了。

山雀们就这样不仅沉迷于"游戏"，并为着这样的"游戏"，学会了高超的技能。但欧仁·朗贝尔同时也承认，这种嬉戏方式其实是一种捕猎手段。是的，觅食作为鸟儿们除了传宗接代之外最为重要的事项，占据了它们一生的大部分时间，大山雀当然也不例外，它是不会把时间白白花在游戏上的。它之所以在树枝间跳来跳去，其实是一种更为细致的觅食行为：它有着强壮灵巧的爪子，倒悬在树枝上是它最为娴熟的生活技能之一，它就靠着这些技能，能够把一片叶子从叶柄到背面，从正面到叶尖整个儿搜索一遍，以便发现它喜欢的食物。而那些虫卵——蝴蝶等昆虫的幼虫等，往往会藏身在一片叶子不容易发现的地方，但这也逃不过山雀们如此细致的寻找搜索。

欧仁·朗贝尔认为，山雀使用细枝的娴熟程度可以与体操运动员在单双杠上的技艺相媲美。我曾仔细观察过一只悬挂在树枝上的大山雀。我发现，它几乎精确地计算出了它的身体重量在一枝树枝上所引发的下垂或摆动，以及这种下垂和摆动对它的身体的承受能力，当然，它的双翅可以随时调整平衡，使它不但不会从细嫩的枝叶上摔落下去，它还会自如地觅食。它很好地利用了这种力学原理。可以说，山雀们也是造诣深厚的数学家和物理学家。

然而，大山雀觅食的行为太像是在玩耍，看上去就像是得了多动症的样子——或许，除了觅食，它也想用这种看似有些不安分的行为让捕捉它的天敌捕捉不到它——就像我的镜头一样——是一种自我保护行为。欧仁·朗贝尔说，如果这种游戏是一场捕猎，那么这场捕猎也是一种游戏。是的，大山雀就这样以一种看似有点游戏人生的态度辛劳地度过每一天，用一种轻松的外在掩藏遮盖着世事的艰难。

## 红尾鸲

欧仁·朗贝尔发现，赭红尾鸲有两个偏好：行屈膝礼和地上的凸出物。这似乎也是北红尾鸲等这一属鸟儿的共同特点。走在广袤无垠的草原上，偶遇一只红尾鸲，如果你恰好拿着照相机，不用担心，你一定会拍到一张动感十足的照片：草原虽然平坦，一望无际，但总是有一些高于草丛的东西突兀在草丛之上，比如，一头牦牛留下来的一坨牛粪，抑或是被牧人称作瞎老鼠的中华鼢鼠用嘴拱起来的土堆，可爱的红尾鸲总是喜欢飞落在这样的地方，用滚圆明亮的小眼睛打量着你，让它小小的身体凸显出来，而它身后则是属于它的生境，衬托着它，让它有了王者的风范。

欧仁·朗贝尔提及赭红尾鸲时，说它是戴孝之鸟，身着葬礼服饰："喉咙和胸脯是重孝，纯净的黑色，后颈与背部是轻孝，忧郁的灰色，爪子黑色，喙重黑，眼睛深褐，近似于黑……"在青海民族的传说里，北红尾鸲是一位少女死后幻化而来，她头上戴着家人亡故之后表达纪念的白色盖头……

据说，这位少女生前追逐真挚的爱情，却遭到家族的干预，于是她和她的少年毅然决然地选择了以死抗争，以鲜血祭奠了他们的爱情。他们死后幻化成一对北红尾鸲，飞翔在人间，啁啾在清晨，祈愿着人间的痴情男女"有情人终成眷属"。这个传说，显然来自民间对北红尾鸲的仔细打量和详细观察：北红尾鸲是青海常见的小型鸟类，雄鸟黑背红腹，暗红的尾巴，特别显眼的是，在它的头部与背部衔接处，是一片黯淡的浅灰色，很像是穆斯林女子头上的盖头。或许这便是触动产生这个民间传说的一个诱因。除此之外，北红尾鸲进入发情期后，雄鸟与雌鸟卿卿我我的行为，也引发人们触景生情，使得这样一则民间传说径直走了爱情路线：西宁周边一带的北红尾鸲，在五月上旬开始求偶，此时，常见雌雄红尾鸲之间彼此相互追逐，雄鸟在雌鸟面前点头翘翅发出一连串鸣叫，抑或双翅半举或下垂，两小爪子不断地踩踏着，似是踩着欢快的节奏跳着欢乐的锅庄。接着，它们便互相追逐着再次飞向蓝天，直至消失在视野，宛若京戏《梁祝》中那两只翩然飞翔的蝴蝶……

在西宁文化公园，进大门，朝右，经过一间公厕，顺着公厕再朝右，就会进入一片杂树林，散乱地种植着一些白杨和丁香，间杂着几棵苹果树、梨树。再走，是一片废弃了的茶园。这里所说的茶园，并不是南方常见的那种种植着茶树的茶园，而是在中国北方，特别是在甘青宁一带供人们休闲的喝茶聊天的地方。可能是经营不善，茶园已经废弃了，破败的木屋、倾斜的凉亭，生命力强劲的青草从原本铺着地板砖的缝隙里蓬勃地生长着。木屋、凉亭里的木椅木凳，拂去上面的尘土，垫张报纸，还能坐。我经常背上相机，再带一本书来这里，或"打鸟"，或看书。一对北红尾鸲夫妇在这儿安了家，我便这样认识了它们，经常在这里守株待兔，拍下了它们一家人各自的肖像。我一直想着给它们拍一张全家福，但一直没有遇到它们团圆的时刻：幼鸟渐渐长大的时候，北红尾鸲夫妇开始忙碌地觅食，喂养它们的小宝宝，但它们采用了值班换岗的策略，雄鸟衔来喂鸟的食物，刚刚落在离着鸟巢不远的树枝上，雌鸟即刻接了雄鸟的班，出去觅食了。有一次，我如往常一样，带着相机，带着一本书，来到文化公园，进入那片杂树林，找了个位置坐下来看书，心里根本没抱拍下它们一家全家福的希望，忽然就看见它们一家团聚在结着小小的青苹果的一棵苹果树上：雄鸟和雌鸟站在两边，围拢着它们刚刚学会飞翔的两只儿女，专心致志地倾听着儿女稚嫩的歌声，一副沉醉其中的样子。我顾不得手中的书掉落在地上，迅速拿出相机，就在按下相机开机键时，相机发生故障，需要重新开机。手忙脚乱之中，那一家沉浸在天伦之乐中的鸟儿们，感觉到了从我这儿发出的异样的动静，那只雄鸟警觉地看了我一眼，用短促的鸣叫声提醒着妻子和儿女。于是，就在我举起相机的那一刻，它们扑棱一下飞走了。看着不争气的相机，我满心失落，忽然想，如果眼睛具备相机的功能，在发现拍摄对象的一瞬，顷刻聚焦，眨一下眼睛，便是按下了快门，那该多好。

## 鹡鸰

据说，白鹡鸰在法语中的名字翻译成中文，便是洗衣妇的意思。瑞士作家欧仁·朗贝尔在他的一篇专门写白鹡鸰的文字里，以虚构的方式，描述了白鹡鸰与一群浣衣女在河边和睦相处的情景：它们整日围着这群女子转悠，熟稔自然地靠近她们，接过她们偶尔抛来的面包屑，甚至好像通过上下抖动尾巴的动作来模仿她们捶衣的动作。

这样的描述，如今已经属于久远的年代，成为记忆里的风景。伴随着工业化，伴随着自来水流入每一个城市家庭，更伴随着洗衣机的普及，这样的风景，便留在了欧仁·朗贝尔的文字里，显得弥足珍贵。面对今天的人类，特别是青少年，如果说白鹡鸰的名字与洗衣妇有关，支持他们展开联想并确认的那个认知环节似乎已经不复存在了，甚至会让他们觉得有些莫名其妙吧。

提及鹡鸰属的鸟儿们不断抖动尾巴这一现象，欧仁·朗贝尔的话题从浣衣女一下跳转到了另一个话题，他认为，鹡鸰属的鸟儿们的这种行为是神经质的。那么，鹡鸰鸟为何要不断摆动尾巴？人们也是有着各种猜测。有人认为这是一种伺机而动的紧张状态，以便在遇到困难时可以迅速起飞；有人认为是因为尾巴太长，加上腿部肌肉不发达所引起的一种保持平衡的抖动。但在我看来，那是一种天然的表演或炫耀，吸引人们在它们落地觅食时，能够第一时间发现它们，欣赏它们的律动和美丽。

　　据说，黄鹡鸰在法语里的名字是牧人的鸟儿的意思，这显然是指它生活在草原上，一如牧人一样属于草原。而在藏语里，黄鹡鸰的名字叫"智喜"，意思是牛初乳一样的鸟儿。牛初乳，亦即母牛产下牛犊后，第一次挤出的牛奶，呈黏稠状，纯净的淡黄色。据说富含营养，但产量极少，一头母牦牛只能产下不到一斤的牛初乳，对牧人来说都是金贵又神圣的食物。牛初乳淡黄的颜色，宛似黄鹡鸰的体色。它的藏语名字因此而得。也有人说，每每有黄鹡鸰飞来的时候，恰也是青藏高原上的牦牛开始产崽的时候，如果它们的数量众多，则意味着这一年初为人母的母牦牛会很多。

　　黄鹡鸰是青海草原常见的鸟儿，我个人也认为是在这些常见小型鸟类里最美丽的鸟儿之一，它迷恋着草原，所以，当它横跨欧亚，飞来青藏，它的名字依然与游牧有关，有着草原绵延的清香。

# 三江源的最佳状态

## 1

高原的夏天短暂而美丽。进入 6 月，南方、中原已经在盛夏的炙烤中酷热难耐，高原的夏天却依然在季节的门口徘徊不前。刚刚走出冬春的寒冷与清凉，人们有些不耐烦了，特别是那些急着要穿上飘逸的花裙子的女孩儿们开始埋怨了："夏天到底来不来啊？"我在微信朋友圈里看到一个女孩儿如此质问着，表达着自己焦急又无奈的心情，却又不知这质问是冲着谁发出的。而就在这磨人的等待中，高原的夏天好像忽然得到了准入许可，一夜之间，抑或说是在一日之间就涌入了高原，占据了高原：逶迤的草原，昨日还是一片"草色遥看近却无"的样子,而今却已是一碧无垠。野花们肆意地绽放着,一片片一丛丛地把草原原本的绿色修改涂染得姹紫嫣红。野花们的亢奋和激越,甚至会让人有些不好意思——其实,它们深知高原夏季的短暂,要在很短的时间里完成从开花到结果的全部过程,于是,它们就把自己天真烂漫、情窦初开、谈情说爱、婚嫁生子、养儿育女,甚至天伦之乐、颐养天年、寿终正寝等这一系列人生的美好与苦难,一股脑儿地展现了出来,它们抓紧时间,赶在高原的秋寒到来之前,演绎着自己精彩的一生,在人们表象的视野里,便也呈现出了一幅"幸福的花儿竞相开放"的大美景致,声势浩大。

也是因为高原的夏天短暂又美丽,不论是官方还是民间,把所有的节日和喜庆都集中到了这个季节,最明显的例子,也许就是南方的"三月三"在这里变成了"六月六"。到了这一天,高原的人们不分民族,纷纷拥向山头或林间,把自己掩映在碧野与繁花之间,开口高唱,一时间,歌声此起彼伏,你方唱罢我登场。而他们所唱的歌谣,被他们叫作"花儿",他们唱"花儿"时的那一份亢奋与激越,也堪比高原上野花们赶场一样肆意绽放的样子。

官方的各种活动，便穿插在民间的节日与喜庆之中，活动频繁，一场接一场，到了夏末初秋，还没有结束的意思。在这个季节，受邀参加各种活动，也成了常态。

8月中旬，我接到好几家活动的邀请，且在时间上相互重合——高原的夏季已近尾声，大家都赶着这最后的也是最美的时光的尾声。活动有草原赛马，有情歌竞唱，还有唐卡展陈。在我的想象里，所有这些活动，首先是季节的美意，是它给刚刚经历了冬寒春凉的高原人们提供了舞台，让人们有了一次展示自己技艺的绝好时机；其次，也是人们与自然的一次比拼吧——大自然以鸟语花香把这个季节点缀得声色绝美，人们享用着大自然的赐予，却也不甘寂寞，便也加入其中，为大自然增添了一份人文的声音与色彩。

分身乏术，正在犹豫到底去参加哪一家的活动的时候，却又收到了一份特殊的邀请——"饮水思源·探秘三江源"公益活动。我毫不犹豫，决定谢绝其他邀请，去赴这场三江源的邀约。

如此，便有了这次令人不再忘怀的三江源之行。

活动是由三江源生态保护基金会发起的，参加活动的人们来自不同省区、社会各界，有富商大贾，有文人墨客，有教授学者，组织者把人们分成三组，分赴长江、黄河、澜沧江源头。我作为青海本土人，又曾经从事新闻工作，三江源头我都曾去过，去得最多的，是黄河源头。就在去年，我还跟随几位《格萨尔》研究专家，去过一次黄河源，并且一直走到了地处玉树曲麻莱县麻多乡的黄河上源约古宗列。

　　约古宗列，是黄河母亲的母亲。那是一股清泉，悄然从大山的一隅喷涌出来，在大山上无声无息地蜿蜒着，让人无法相信，养育了中华民族的滔滔黄河，在她的源头部分，居然如此细小、羸弱。但细心一想，这又是多么正常，就像一个伟人，他也曾在母亲的怀抱里嗷嗷待哺，他也曾有过蹒跚学步的童年。这里的黄河，便是她的孩童期，我们所看到的，便是她在母亲的襁褓里娇小的样子。

　　那一次，我定定地站在约古宗列清泉边，长久向着它行注目礼，我看到了它的稚嫩和天真，那样无忧无虑，它还不知道它将担当的重任，它随意而任性地流淌着，谁也看不出，当它有一天初为人母，便是那样袒胸露乳地斜卧在大地上，任它的子孙吸吮着她的乳汁。她不知道，她会有那么多的子女，那么多人呼唤她母亲。那一天，我还用手捧起源头清泉里清冽无比的泉水，深深喝了一口。我心里想，这甘甜的泉水，不是黄河母亲的乳汁，而是她的母亲——约古宗列的乳汁。

见识过黄河源头，所以这一次，在内心里还是隐隐希望能够去长江或者澜沧江源头。待我前去报到时，才知道我被分到了黄河探源组，虽然心里微微有些遗憾，但还是欣然接受了组织方的安排。

因为我知道三江源每时每刻都是新的，即便是多次去过，当你再次来到这里，依然会看到一个全新的三江源，阳光、天气、风雨……这些不确定因素每时每刻都在点缀塑造着不一样的三江源。

我也知道，大自然深谙美的意义，它懂得美一定不是轻而易举就可以得到的，因此，它把大美青海的精华部分收藏在了高寒缺氧的三江源区，并以令人仰望的海拔高度把这里的美丽高高托举起来。大自然也只遴选守候着它的当地居民和那些不畏海拔与严寒的勇敢者，以及那些与它有缘的少数人走进它，看到它珍存在这里的美景。

在行走之前，我就给自己预设了一个目标：目光向内，关注细节。就是说，此次行走，我将不像以往一样，让自己的目光迷失在山川江河、蓝天白云这样的大美之中，而是去留心一些细节，比如一只飞过的鸟、一朵绽放的花。为此，我特地带了两部照相机，准备了用来"打鸟"的长焦镜头。

探秘三江源的行走，就这样开始了。

## 2

探源活动的第一站到了青海贵德县，"天下黄河贵德清"的美誉，已经成为这里的旅游招牌。离贵德县城不远有一个小山村，傍依着黄河岸畔，这个村，从曾经的一个贫困村成为如今的旅游村。走进村里，满目碧绿，掩映在碧绿之中的村舍依然是曾经的泥墙土屋，就像是清贫人家出落的姑娘，穿着朴素，带着些许的忐忑和谦卑，却掩盖不住由内而外投射出的美。如今，这个小村落凭借着村里幽静的风光、绿色的美食，以及传承至今的古拙的民俗，吸引了许多的游客。

这个村子叫松巴，我知道这个名字与历史记载中的古老民族苏毗有着一定的渊源，但又不甚明了，于是主动与驻扎该村的一位县上领导取得联系，想在日后得闲时再来一探究竟——探秘三江源，一开始就遇上了需要探究的事，于我，这似乎是一种提示，提示我要用发现的眼光去打量这一路的所见，去发觉掩藏其间的美。

夜宿贵德县城，当喧嚣隐去，偶尔传来的犬吠声反而拉长了夜的宁静。

清晨醒来，戳亮了手机一看，时间刚刚过了六点，却神清气爽，并没有早醒的感觉。于是便决定起床到外面走走。

我就是在酒店后面的一座小果园里看到了那只红尾鸲。

果园很小，散乱地种植着一些梨树，树上的果实也少，枝叶之间偶尔挂着几只当地特产长把梨。据说，近年来长把梨出现严重退化，不但产量减少，果肉也变得粗硬干涩，让人难以下咽。但人们并没有放弃去种植它，因为如今，它成了花开季节的一种观赏植物了——贵德县每年都要举办的梨花节，便是由此而来。

长把梨原本甘甜多汁，如今却酸涩难吃，这种行为，从植物学的角度去看，是对人类的一种背叛。据说，被人类驯化的植物并不甘心被人类长期食用——它们长出果实，原本也不是为了让人类食用的，而是为了哺育后代，繁衍子孙。所以，它们依然努力着逃脱人类，重返荒野，成为一种自由的野生物种。长把梨变得让人不能食用，这种"反叛"，也许就是让自己回归自然的一种"返祖行为"吧。

晨光暗淡，昨夜的犬吠声依然在某处忽然空洞地响起，这让我有些紧张，我一边谨防着野犬可能的袭扰，一边小心地向一棵棵果树走去，希望能够发现一些什么。那只红尾鸲忽然从我近处的一棵树上扑棱着翅膀，飞到了离我稍远的另一棵树上，让我不由得惊慌了一下，我的目光立刻跟踪到了它，并从它发出的一声鸣叫中立刻认出了它来。

我停下来，静静地看着它，它也静静地蹲在一枝树枝上，悄无声息，不时地翘一下细长的尾巴。相信它也是在看着我。我们就这样四目相对了许久，它似是忽然想起了什么，飞离了它爪下的枝丫，向着暗淡的晨光飞向了远方。

英国著名探险家特里斯坦·古利认为，从进化论的角度讲，人类最为感兴趣的东西只有两样，即捕食者和猎物，也就是威胁和机会。人类的感官在处理日常接踵而来的各种繁杂信息的时候，最为关注的也是这两样。这位探险家进而论及人类的眼睛，他说：捕食者和猎物都会移动，所以我们在任何场合中最先注意到移动的物体，之后便会发现更加细微的线索。此刻我忽然想起了这位探险家的这句话，不由得哑然一笑——我此刻的行为，多么像他所言，一边防备着可能的危险，一边又希望着看到什么啊。人的一生，似乎也是这样，一边防备着捕食者出乎意料的袭击，一边又渴望着一只猎物撞上自己的枪口。

这只红尾鸲成为我眼睛的猎物。

红尾鸲在青海广泛分布，计有赭红尾鸲、北红尾鸲、红腹红尾鸲、蓝额红尾鸲等多个品种。这种鸟十分勤快，似乎是草原鸟禽中起得最早的鸟儿。记得小时候，我去上学，每天要走五六公里的路，到了清晨六点时，母亲便开始催促我起床。后来我发现，每天早上，母亲就要喊我起床时，我首先便听到了红尾鸲的鸣叫声。这只勤劳的鸟儿，已经开始工作了。在小学四年级的作文里,我便写下过这样一段话:每天早上,当我懒得起床的时候,就听到窗外一只火焰燕——这是青海汉语方言对红尾鸲的叫法——欢快的鸣叫声,它催促我赶快起床,也鼓励我赶快去学校好好学习。

把红尾鸲叫作火焰燕,显然是因为红尾鸲的颜色,而把它误认为燕子,可能是因为红尾鸲降落在一处时,有着和燕子一样不断抖动尾部的习惯。无独有偶,环青海湖地区草原上的牧民,也用同样的经验和想象命名了红尾鸲,他们把红尾鸲叫作"喜尼策",意思是被火烧焦的鸟儿。这个名字十分形象,且来源于牧民们熟悉的生活。红尾鸲有着橙红色的腹部和尾羽,整个背部则是黑褐色,间杂着灰白色,看上去就像是一团燃烧着的干牛粪:橙红色是熊熊的火焰,黑褐色是即将要燃烧且热量十足的部分,而灰白色,则是边缘燃烧殆尽的灰烬。牧民们熟悉炉灶里牛粪燃烧的火焰,或许,红尾鸲的色彩让他们联想到了自己平日里庸常的生活。

而在贵德地区,当地藏族则把红尾鸲叫作"喜万德","喜"是鸟儿之意,而"万德"在安多藏语方言中特指小沙弥，意思就是，像小沙弥一样的鸟。在藏地，出家的小沙弥，身穿褐红色的袈裟，把自己整个儿裹拥在袈裟里，头部和四肢却裸露在外面。因为刚刚出家，他们还没学会出家人的沉稳和庄重，四处跑来跑去，还真的像一只红尾鸲。这一命名，紧贴大地，让庸常的生活升华到了生活一样庸常的信仰里。

在青海青南藏区，红尾鸲还有一个名字，叫"喜沃玛"，意思是新娘鸟，这是因为，每每到了求偶季节，红尾鸲身上的羽毛就会变得艳丽无比，就像是待嫁的新娘换上了新装——藏族牧民不但深谙生活与信仰之道，对大自然的观察也细致入微，了如指掌，他们就用这样的知识，命名着他们的世界。

在藏地，这样的例子似乎很多。

黄鹡鸰、黄头鹡鸰和白鹡鸰是三江源地区及环青海湖地区常见的鸟儿，分布广泛。牧民们把黄鹡鸰或黄头鹡鸰，叫"智喜"，而把白鹡鸰叫"沃喜"。在这样的命名里，也隐含着牧民们深刻的生活经验和想象。

"智喜"，意思是牛初乳般的鸟儿。牛初乳，是母牛产下小牛犊后的头一两天所产的牛奶，产量很低，与普通牛奶明显不同，呈淡黄色，且鲜亮无比，有着浓稠的黏性。据说，牛初乳是母牛为了让自己的小牛犊在新生环境下抵抗外来病毒及细菌感染而合成的天然抗体，含有丰富的营养物质、免疫因子和生长因子，牛初乳因此而金贵。而被叫作"智喜"的黄鹡鸰、黄头鹡鸰，平时也很少见，较为稀有。

记得小时候，在草原放牧，每每看到谁家的母牦牛产下了小牛犊，便偷偷约上三五伙伴，找一块有凹坑的石头作为容器，去挤刚刚做了母亲的母牦牛的初乳，再用牛粪生火，把石头架在牛粪火上烧烤，牛初乳被烤成一张饼状的东西，小伙伴们便开始抢着分食。那种绝美的味道，至今还在舌尖上。

"沃喜"，意思是白牛奶鸟。这样的命名，除了因为白鹡鸰羽毛的颜色外，另一个原因，则是它比起黄鹡鸰、黄头鹡鸰来更为常见，就像是白牛奶一样，比牛初乳产量高很多，因此在牧民的生活中也稀松平常。

天色渐渐亮了起来，当我回身走向房间时，听到了那只红尾鸲唧啾的鸣叫声。这让我想起了不久前在西宁，朋友带我去参观青藏高原生物标本馆的情景。这家标本馆，在西北高原生物研究所院内，平时不对外开放，朋友知道我平时喜欢花鸟，便通过熟人引领，进入了这家标本馆。

在标本馆里，当我看到那些鸟儿的标本时，心里却有一种不适感。它们被剥夺了生命，小小的身躯里填充着东西，装上了再也看不见东西的所谓"义眼"，或置于墙角，或挂在墙面，它们永远失去了作为鸟儿最为重要的技能——飞翔与鸣唱，也永远失去了自己的生境。

我就像逃离一般走出了标本馆，朋友看着我有些意外，问我是怎么回事，我搪塞说，尿急，要上厕所。

从标本馆出来，就在生物研究所外墙的角落里，却意外地见到了一只红尾鸲，它似乎并没意识到它要降落的地方会有人经过，当它落在一根我们可以平视的铁丝绳上之后，才发现有人离它只有咫尺之遥。我的朋友先于我发现了它，便急忙喊我快看，当我的目光落在这只小鸟身上时，我发现了它眼中的警惕与惊恐。那一刻，它似乎忘记了飞离，愣怔着，一动不动，甚至忘记了它平时的标志性动作：不断上下摆动尾巴。

我和朋友停下脚步，看着那只红尾鸲，几十秒过去，它这才展翅飞走了。

刚从标本馆出来，就见到这样一幕，我对这个情景印象深刻，我甚至认为这其中包含着某种预示。

后来有一天，我读到英国鸟类学家、散文家赫德逊笔下的一篇散文，题目是《最佳状态下的鸟类》，令我惊讶的是，在这篇散文里，他描写了当他看到在一家博物馆里被做成标本的鸟儿们小小的尸体后的厌恶和失望，他甚至讲了一个故事，对标本这种东西的存在表达了他深刻的怀疑。这个故事是这样的：某处有一座教堂，这座设计独特、外观十分漂亮的建筑却没有窗户，教堂内部因此漆黑一片，以至于来做祷告的人彼此都看不见对方。为了解除教堂里的黑暗，神父便雇用了一名老农，让这位老农每天拿着一只袋子，把外面的阳光装入口袋背进教堂里。"他蹒跚地走到教堂墓地中央站住不动，抓住袋子的口，伸出胳膊打开，约有五分钟，接着用一个突然的动作把袋口封上，可是依旧紧攥着，匆匆回到教堂……"那位老农每天重复着这样的举动，试图用从外面背入教堂的阳光照亮教堂内部。

这个故事是决绝的、偏执的，完全否定了标本可能的作用。他认为，把鸟儿做成标本，就像是那位农夫装在口袋里带到教堂里的"阳光"，是毫无作用也毫无意义的。他继而断言，最佳状态下的鸟儿永远属于自然，为此他还不厌其烦地举出各种例子，证明他的看法。他这样写下了有一天他看到一群银喉长尾山雀时的情景：十二只银喉长尾山雀正在以它们通常散漫的方式飞行或滑翔到了我观望着的灌木，一只接着一只……披着淡白色夹着玫瑰色和灰色的羽毛，尾巴长而优美，头部小而圆像鹦鹉似的小鸟，栖息在垂悬的深红色柔黄花花间，有的刚好安静地歇落在水面之上，其他的则四处跳动，偶尔吊在细瘦的枝梢，在下方的河面上倒映出来，河水和阳光给予了这幅景观一种仿佛童话般的魅力，几乎是梦幻似的特色。

依照赫德逊先生的说法，观看鸟儿，必须要到大自然之中，只有大自然中的它们才是鲜活的、自由的，大自然赐予的每一个美好瞬间都没有重复性，而这样的美好，在博物馆、标本馆是看不到的。他的话也的确不无道理。然而，当我们把这样的观点放置在三江源区，却也让我们陷入了矛盾和纠结之中。伴随着三江源国家公园的建立，这里的保护段位大大提升，如今这里几乎处于关闭状态，人类即将完全撤离这里，把这里的一切交给这里的鸟兽花草，我们不再打扰它们的生活。

这将是三江源的最佳状态，但这样的最佳状态是孤独的，是拒绝人们去欣赏的。

## 3

从黄河源区回来，我对跟随我们一起参与了此次活动的组织者说，在此次的各种邀约中，我做出了最为正确的选择，再一次领略了黄河源区的壮美，以不同的视野，从细节上看到了更多的美好。三江源之行，每一次走进，其实都是第一次，因为它呈现出来的万千景观，一只鸟，一朵花，每一次都是不一样的。三江源之行，每一次走进，也许就是最后一次，因为机遇难得、路途遥远，加上，人与自然订下的和谐共生的契约，将来，我们不再轻易走进它……

我想起了此行在三江源，在黄河源区看到的情景。有一天，在去往扎陵湖、鄂陵湖的路途中，我看到在马路两侧的电线杆上，落着许多大鵟。有关专家说，这些电线杆的高度，恰好适合它们蹲坐在上面，观察地上的猎物，一旦看到猎物进入了它们的"射程"，它们便会立刻启动飞行程序，扑向猎物。但它们对我们的车辆却视而不见，这是因为它们已经知道进入这里的人们不会伤害它们。出于好奇，我让司机师傅停下车，拿出照相机对准了其中的一只大鵟，这时候，司机师傅问我：你是不是想拍到它起飞的样子？出于贪婪和好奇，我惯性地点了一下头，司机师傅便按响了汽车喇叭……此刻，当我写下这些文字的时候，我要向那只受惊的大鵟说声对不起。我由于紧张，并没有拍下你起飞的样子，即便拍到了，我也不会示人。

我还发现，作为猛禽的大鵟，并不在意落在它身边的戴胜鸟，它们之间为何不是弱肉强食的生物链关系，为何可以相安无事，和睦相处？我想知道其中的答案。

从三江源区回来，才刚刚一月有余的样子，我却时时会想起它。想起这些，其实是对三江源的思念，对三江源的思念是永远的。

最近读到英国探险家特里斯坦·古利曾写的一篇题为《如何在池塘中看见太平洋》的文章，在这篇文章里，他详细描述了在他家门前的池塘里看到水的涟漪在一块石头周围反射和弯曲的情形，继而他想象那块平时用作踏脚的石头是浩瀚太平洋中的一座岛屿，而当轻风吹过，在它周围形成的涟漪，是太平洋中浩荡的涌浪，石头下风区平静的池水，则是太平洋中在岛屿阻挡下，形成的无浪区。如此，他从他家的池塘里看到了太平洋。其实，这样的观察与想象并非空穴来风，那些优秀的航海家和水手正是像特里斯坦·古利先生一样观察海面上看似毫无规律的水波和涌浪，发现航船前方的岛屿甚至掩藏在水面下的暗礁的。对他们来说，海面上繁复无序的各种水纹，其实是一张指明了航向的海洋地图。

或许，这是与鸟类学家、散文家赫德逊先生截然不同的观念，特里斯坦·古利或许能够教会我们从展陈着三江源区各种花草和鸟类标本的博物馆、标本馆里去看到三江源，但这显然需要知识的支撑，需要想象力，从而获得见一斑而窥全豹的能力。

# 一朵格桑

## 粉红色大地

早年我曾经写过一篇小说，题目叫《水晶晶花》，发表在《中国作家》杂志。后被当年的花城版《中国短篇小说年选》选载。在这篇小说的开头，我描述了一种被青海当地人称为"水晶晶花"的野花，我是这样写的：

一个月前吧，在央珍（女主人公）家帐篷门前的那片沼泽地里，水晶晶花开成了片，把整个沼泽地包容在了一片粉红色之中，远远看去，好似一片朦胧的粉红色云雾铺泻在沼泽地上，吞噬了大片的绿色。走向那完全篡改了草原本色的粉红色云雾，让人会有一种眩晕感。央珍喜欢这种眩晕感。每天，她把牛羊群赶到查美河边的草滩上，当羊们此起彼伏的咩叫声渐渐平息，开始专心致志地享用带着露珠的青草的时候，她就向那片沼泽地走去。她放轻脚步，向那片粉红色的云雾慢慢靠近，似是害怕会惊扰了它们一样。但水晶晶花们还是会在她向它们试图靠近的第一时间发现她，即刻以一种汹涌的态势向她逼近，除非她停下脚步。而央珍也会每走几步就停下来的，这时候，她就会发现水晶晶花们也会惊悚地停下来，迅速做出一副若无其事的样子，轻盈地随风抖动着，像什么事儿也没发生一样。央珍有意不捅破它们这小儿科样的伎俩，假装着什么也没看见，继续迈开步子往前走去，水晶晶花们即刻收起它们若无其事的表情，即刻与央珍相向而行。央珍就这样沉醉在这种与水晶晶花之间的默契的游戏之中，沉醉在不断向自己涌来的眩晕中，直到她走进花丛，把自己淹没在这粉红色的云雾中，再从花丛里一步步走出去，让粉红色的云雾在她的身后翻卷起伏。

　　我用这样一整段的篇幅，写下了春夏之交在草原上汹涌盛开的水晶晶花们的样子，这种看上去显得有些羸弱的粉红色小花，总是大片大片地盛开着，每每看到它们，我就会想起在草原上一种集群生活的鸟儿——高山岭雀，到了秋冬季节，它们便成群结队地飞翔、觅食，形成浩荡之势，每一群都有成百上千只。藏族把这种鸟儿叫作"玛喜"，意思是兵鸟——像士兵一样集结、行动的鸟。水晶晶花也是这样，小时候，我就认为它们是野花里的"玛喜"。在这段文字里，那个忽走忽停与水晶晶花嬉戏玩耍的女主人公央珍，其实就是我儿时的样子，那时候，我经常和水晶晶花们玩这个游戏。

　　我的家乡铁卜加，是青海湖西岸的一片广袤草原，海拔在 3000 ～ 3500 米，高寒，没有明显的四季，在儿时的记忆里，冗长的冬日总是统领着这片土地，而短暂的夏天，则显得那样珍贵，几乎每一天都成了内心深处的记忆。

　　那时候，我不到 10 岁的样子，几乎每天都在寻觅着夏天。那时候，我并不知道夏天什么时候到来，但我却知道，在那些向阳背风的地方，还有那些阳光充足的河岸，只要看到率先冒出的稚嫩的草芽，就证明草原的夏天就要来了。走在去往放牧的路上，我会特别留意这样的地方，每每走近一处墙角，或者是一片低处的洼地，我便会特意走过去看看，看有没有草芽冒出来。有时候我还会蹲下身来，用手拨去地面上的浮土，仔细地寻找哪怕是针尖儿大小的一点点浅绿。而多半时候，我总是失望地站起身来的——浮土之下，是被寒冰板结了的土地，指尖触到它们的瞬间，甚至会有一种触电一样微微的疼痛。现在想来，我多半是弄错了季节，弄错了时间，也许，时间正在走向深冬，而我却南辕北辙，在执拗地寻找着夏天的踪迹。

我说，夏季的每一天都是记忆，许多人会认为这是有意夸大了的说法，其实不单单是我，对那些野生花卉，对那些鸟儿来说，夏季的每一天同样是它们的记忆——恰是因为夏天的短暂，它们需要抓紧每一天的时间，让自己完成之所以为之生物的一次旅程——那些野花，当它们稚嫩的花叶开始舒展，便惦记着自己要在夏季结束之前让自己的花籽成熟、散落。于是，它便数着夏季的每一天，甚至每一天里的每一个时辰，因为，从花叶初展到花籽成熟，它们还需要走完许多环节，它们只有抓紧时间，用好夏天的每一刻时光，才有可能让自己完成一次之所以来到这个世上的生命价值。而那些鸟儿，它们在生命演化过程中已经逐渐适应了这里的气候，从谈情说爱、建立家庭、发情、筑巢、产卵、孵化……每一个过程需要几天、几个时辰都是精确计算好了的，些微的错过或疏忽都意味着它们不能哺育出自己的后代。它们往往从夏天临近的时候便提前进入状态，然后把高原短暂的夏天切割成一个个精准的时间片段，让哺育下一代的每一天都变得忙碌而美好。

每年的五月，是母牦牛刚刚产下小牛犊的季节，被誉为人参果的蕨麻已经让自己的块根饱满、成熟，单等着尚未完全消融的草地再复苏一些，便将自己的柔嫩的枝叶蹿出土地，没过几天，就长出几片锯齿状的叶片，紧接着，那几片叶片便会托举起一两朵金黄色的小花。在它们要急着完成这一过程的时候，我们便像是与它们比赛一样开始采挖它们的块根，因为随着蕨麻叶子露出地面，它的块根把它所有的营养提供给枝叶，让自己慢慢萎缩下去，只剩下瘦瘦的皮囊。草原上的角百灵、凤头百灵、小云雀等似乎便是从母牦牛抑或是从委陵菜属的蕨麻那里得到了启示，把它们产卵的季节也安排在了这个时间。

在这个季节，我的任务便是放牧小牛犊——它们刚刚学会吃草，但母牦牛妈妈的牛奶才是它们最为需要和惦记的。然而，人类要它们做出牺牲，把更多的牛奶提供给人类吃，它们被迫与自己的母亲分开，独立成为一个畜群，尽早学会它们生而为牛的生活方式，以刚刚冒出地表的青草充饥。作为牧童，我乐意做这样的劳作，因为，我每天盼望的夏天已经到来，我每天都能看到野花的绽放，在那些花草茂盛的地方，偶尔还能找到鸟儿们的巢穴。

在这个季节，最早盛开的，除了蒲公英，就是水晶晶花。

草原上的蒲公英，虽然敢在春夏之交料峭的风里抢先开放，但它又是乖巧的，它让它的花叶贴地生长，完全淹没在逐渐茂密起来的草丛之中，待到积蓄了一定的力量，而春寒也慢慢退去之时，便从莲花状的花叶正中生出一枝细细的花茎，悄然托举起一枚恰似菊花的金黄色花冠，使得原本因为浅淡而缺少生气的春草一下子变得活泼起来。

蒲公英似乎喜欢“单打独斗”，它们总是独立地站在一片刚刚泛绿的草原上，就像一盏盏小小的酥油灯，远远地闪耀着。它们开得早，成熟得也早，就在水晶晶花以浩荡的粉红色一片片地吞噬起青草们好不容易营造出来的一片片绿色的时候，蒲公英，那一盏盏酥油灯就像是燃尽了生命一样，金黄的花瓣一瓣瓣凋谢，眼看着就要枯萎了一样，而此时，它们其实开始了它们的二次生命。不几天，失却了花瓣的花萼慢慢鼓胀起来，像变魔术一样，一只圆圆白白的绒球从花萼上蓬松开来——这才是它们的追求，这时候它们不再怕风，反而渴望着风向它们吹来。那只绒球其实是簇拥在一起的一个个袖珍的降落伞，每一个降落伞上都挂着一粒小小的种子，也像一个个袖珍的伞兵，只要风吹来，这一个个降落伞就会带着它们的“伞兵”飞向任何一个地方。它们甚至渴望一张嘴唇，噘起来，把一口气吹向它们，那一个个降落伞也会乘势起飞，去寻找一个可以降落的地方，让那小小的嘴唇也颇有成就感。这个吹绒球的行为成为草原上许多人孩提时代一种乐此不疲的游戏。

　　蒲公英因为有了二次生命，所以它们显得坦然，三三两两散落在草原上，先是一朵金黄的花，继而是一个洁白的绒球，如果不熟悉它们的生长规律，似乎想不到二者之间微妙的关联。而水晶晶花不同于蒲公英的，便是它们的集群行为。或许，所有羸弱的群体都懂得"团结就是力量"的道理，因为团结，它们反而成了一种强势，在乍暖还寒的草原春夏季节，敢于迎接这个季节的美好的，不是其他野生花卉，反而便是它们。青海人口中的水晶晶花，学名粉报春，在青藏高原有好几种：西藏粉报春、雅江粉报春、束花粉报春、苞芽粉报春、薄叶粉报春等。在我的家乡常见的，则是束花粉报春。束花粉报春在藏语里的名字是野摩塘，而这一名字，曾经是广大安多藏地的古地名，以一种花儿的名字，命名一片广大的土地，可以想象，历史上的安多大地，这片以环青海湖草原为中心，辐射到甘肃甘南、四川阿坝以远的广大山水，曾经被这种喜欢密集生长的粉红色野花所侵吞，把整个大地渲染成了一片粉红色。水晶晶花就是以高山岭雀一样集群的力量和势头，拥有了这片春天的大地。

# 一朵格桑

　　巧合的是，就在发表了我的小说《水晶晶花》的同期《中国作家》杂志上，也发表了我非常敬重的阿来老师的一篇散文，题目叫《西藏的"张大人花"》，文中还提到了我。

　　在写下这篇文字之前，阿来老师首先看到了一种叫波斯菊的花儿在西藏四处盛开的浩荡之势："最引人注目的是差不多有人烟处就必可见到的波斯菊，不仅开在拉萨罗布林卡，开在江孜白居寺、日喀则扎什伦布寺，就是车行路上，路边出现一丛丛艳丽的波斯菊时，就知道，又一个村庄要出现了。"

　　这样的现象让他感到意外又新奇，他想厘清这种花卉的来龙去脉，便带着一种求真解惑的执着，开始了他的寻访，并循着不断问询和查阅资料，他一步步逼近真相，并一点点打开了真相。

　　他为我们讲述了这样一个故事：

　　一百多年前，英国人仗着他们的洋枪洋炮，入侵西藏，当时担任驻藏大臣的有泰一味主张委屈投降，使得西藏时局险恶。这时候，清廷委派一位叫张荫棠的人物以驻藏帮办大臣的身份来到了西藏。

从文字的描述看，张荫棠是一个大胆耿直、行事干练、雷厉风行的人，其实他也是一个热爱自然、钟情花草的人。波斯菊在西藏的最早出现，就是由他怀揣花籽，把它带到拉萨，并在西藏广为种植，使得这种外来的花卉在西藏随处绽放。当地藏族人也因此把这种花亲昵地称为"张大人花"。

如此，波斯菊在西藏便有了这样一个意味深浓的名字。

张荫棠 1906 年 10 月来到拉萨。随之却是世局突变，大清王朝气数将尽，1907 年 7 月他便仓促离开拉萨，时间不足一年。阿来老师在他的这篇文字里这样感叹道："还不够看到此花一个轮次的出芽长叶，抽茎展枝，开花结籽。"这位受到西藏藏族人拥戴的"张大人"却已经不在西藏了，以他的名号命名的波斯菊，依然在这片高地上盛开着，并且也从西藏拉萨传播到了青海各地。

波斯菊到了青海，并没有把它之前的历史以及"张大人花"这个名字携带而来，在这里，它又有了新的名字。在青海东部农业区，人们把波斯菊叫作"八瓣梅"，是因为它的花冠有八个花瓣，也有人把它叫作"芫荽梅"，是因为它的叶子像极了比它更早进入青藏高原的芫荽，亦即香菜。这些明显带有民间地域色彩的名字并没有广泛影响，只有"张大人花"迄今留在了西藏藏族人的口头，这个汉语的称谓经常被他们夹杂在藏语中说出来。

而如今，这个有着深厚历史渊源的名称，却被人们渐渐遗忘，人们给波斯菊赋予了一个新的名字：格桑花。

它们是同一种花吗？阿来老师先见性地预感到这是个错误。

有一次，阿来老师来青海，我们见面时，他便向我问及此事。那时的我自恃过高，无知又无畏，便自信满满地告诉阿来老师，格桑花之"格桑"，是藏语好运、幸福之意，所以，所有带来幸福感的美丽花朵都可以叫作格桑花，因此，格桑花并不是一种确指的花卉。

阿来老师据此把我说的话写入了他的这篇文字里。

然而，所有没有经过实证而信口开河的言辞，终有一天会被赤裸裸地剥离出来示众，让它不能掩去谎言的实质。时隔不久，我去了青海果洛，与在此地工作的藏族著名母语诗人居·格桑先生聊及格桑花的事，居·格桑的一席言说，让我立刻意识到，我对阿来老师所说的话，多么缺乏严谨性。居·格桑先生说，格桑花，藏语叫格桑梅朵，此名并非无所确指，而是出之有据。他说，格桑嘉措，亦即近年来在汉地广受追捧，被讹为"情僧"的仓央嘉措之转世，转世出生在四川理塘，他从他的故乡把一种花籽带到了西藏，在西藏广泛种植，人们便以他的名号中的"格桑"命名了这种花儿，所以叫"格桑花"——显然，张荫棠与波斯菊的故事与结果，恰是这个故事与结果的翻版。藏民族总是心存感恩，把点滴的美好，用这样一种方式铭记在心，并让这样的记忆以一种命名传承下去，让后世去纪念。居·格桑先生还说，以"格桑"命名的，迄今人们依然传叫的物品，不单单是格桑花，一种形似簸箕，专为僧侣所戴的凉帽，藏语叫作"格桑夏茂"，意即格桑凉帽，还有一种乘凉用的伞幢，称作"格桑斯雅"，皆是因为格桑嘉措从他的家乡理塘带到西藏，并在西藏盛行开来，所以便冠以"格桑"称之，格桑嘉措作为显赫的身份，以及"格桑"在藏语中的美好寓意，使得格桑花以及这些物品都被广大藏族人所爱。

听了居·格桑先生所言，想起我对阿来老师的胡言乱语，我顷刻间恐慌起来，急忙问居·格桑先生，可有白纸黑字的依据可以证明。居·格桑先生说，他也是听西藏一位信得过的学者所言，并未见到有据可查的文字。回到西宁，我又向多人求证，皆无结果。一次，偶尔查阅《藏英大辞典》及《藏汉大辞典》，赫然发现有"格桑梅朵"词条，但注释极为简单：秋季盛开的一种黄色花朵，汉语的注释是七月菊、延年菊。我继而又查相关汉语资料，但所指含混，至今也没有确认这种黄色花朵到底是哪一种花儿。

多次向西藏的朋友问询，其结果亦如阿来老师所经历的一样，开放在青藏高原的各种野生花卉，都被指为格桑花，问题又回到了原点上。

可以肯定的是，波斯菊并不是格桑花。波斯菊的原产地是墨西哥及美洲一些地区，后来经由波斯传入中国，波斯菊之名也是由此而来。它完全是一种外来植物，在西藏乃至整个青藏高原并无分布记录。一百年前它跟随张荫棠张大人进入西藏，所以它在西藏有了"张大人花"的名字。格桑花早于波斯菊进入了西藏，把后来来到西藏的波斯菊称为格桑花，显然是张冠李戴了。

阿来老师一直沉迷于高原花卉的寻访、拍摄、研究和书写，想来他早已觉知我的随口之言并不可信，但愿他能谅解我的无知无畏。

近年来，波斯菊在西藏、青海及川西北许多地区被广泛种植，单单在我的家乡青海，一些农牧地区为了发展旅游业的需要，把许多原本种植青稞小麦的土地开发成了"花海"。这些花海并无各自不同的特色可言，皆是复制粘贴，千篇一律，种植最多的便是波斯菊，这种发展态势已经引起相关人士的警惕，波斯菊已经成为一种入侵物种，这样肆意的种植如若失控，很可能会使这种艳丽的花儿成为下一个"飞机草"——抑制本土植物的生长，成为生态灾害。

如今，曾经的牧童已经是城市中的一员，每天穿行于鳞次栉比的高楼之间，背负着工作与生活的压力，忙碌、紧张，患上了焦虑症，对所有的事情都无动于衷。但是，迄今，我依然没有改变寻找夏天的习惯，每每到了季节从春末走向夏天的时候，我心里依然会有一种按捺不住的兴奋。我希望某一天走在路上时，忽然在某个墙角处看到几株草芽蹿出了地面，柔柔弱弱地举着针尖儿大小的一点点浅绿。然而，城市的夏天漫长而燥热，这种燥热占据着城市所有的空间，却把它原本的美好减损了，让人有一种无处可逃的感觉。就像是波斯菊，当它的美丽开始无节制地膨胀开来，这种蛮横的行为，反而遮蔽了它们曾经的鲜艳和芬芳。

但愿波斯菊不要成为"飞机草"，被人们厌恶和唾弃。

我忽然意识到，我所企盼的夏天，是我故乡才有的夏天，而那样的夏天却已经离我远去。也许就是从明白了夏天与故乡的这种辩证关系开始，每年到了夏天，我渴望能有几天的闲暇，去一趟曾经的老家，去挖一次蕨麻，抑或去放牧一次小牛犊，寻找几处可爱的鸟巢。"每逢春天来临，我几乎都有着一种无法抵制的、企盼上路的欲望。这种久违了的游牧者的本能在我的心中激起。"当我读到美国自然文学作家约翰·巴勒斯写下的这几句话，感觉这些话就像是出自我的嘴，是的，这是一个自认为已经完全城市化了的牧童内心深处永远无法改变的本能。

**图书在版编目（CIP）数据**

青藏的细节 / 龙仁青著. -- 武汉 ：长江文艺出版
社，2024.9
ISBN 978-7-5702-3573-5

Ⅰ. ①青… Ⅱ. ①龙… Ⅲ. ①散文集－中国－当代
Ⅳ. ①I267

中国国家版本馆 CIP 数据核字(2024)第 088874 号

青藏的细节

QINGZANG DE XIJIE

---

责任编辑：周　聪　　　　　　　责任校对：毛季慧
封面设计：马德龙　　　　　　　责任印制：邱　莉　王光兴

出版：长江出版传媒 ｜ 长江文艺出版社
地址：武汉市雄楚大街 268 号　　　邮编：430070
发行：长江文艺出版社
http://www.cjlap.com
印刷：湖北新华印务有限公司

---

开本：787 毫米×1092 毫米　　　1/32　　印张：8.625
版次：2024 年 9 月第 1 版　　　　2024 年 9 月第 1 次印刷
字数：127 千字

---

定价：32.00 元

---